संघर्ष

खेल किस्मत का

अभिषेक चंद्र गुप्ता

यह पुस्तक मै अपने माता-पिता को समर्पित करना चाहता हूँ,
जिन्होने संपूर्ण जीवन में विभिन्न तकलीफों को सहन करते हुये इस काबिल
बनाया है
कि आज मै आपके सम्मुख यह पुस्तक लेकर प्रस्तुत हुआ हूँ।

रंग ज़िंदगी के

आज ख़्वाहिशें अपनी तय करने की कोशिश की,
ज़िन्दगी के लम्हों में रंग भरने की कोशिश की।।

माँ की ममता में लाली का लाल आया,
पिता के हिस्से में सलेटी रंग था छाया।
माँ के प्यार में गुलाब सा महक था,
पिता के डांट में नारियल सा दहक था।।

बहनों की लाड ने कुछ यूं रंग बनाया,
भावों को मिला प्यार का गुलिस्तां खिलाया।
भइया के झगड़े ने कुछ यूं प्रभाव दिखाया,
रंगत में उनके मार्तण्ड था समाया।।

कमीने दोस्तों की यादों में जब रंग डाला,
जवाब दे दिया कलम ने, मुझको हिला डाला।
याद करके मैं बातें उनकी भरता गया रंग,
निखरी रंगत ऐसी, जैसे वर्षा में सतरंग।।

याद करने लगा जब जीवन का सफर,
देख बीता समय मैं डरा इस क़दर।
रंग जीवन में अपने कुछ भर न सका,
खुशियो में मेरी यादों का असर ही न था॥

जीवन में हर रंगत को खोजने की कोशिश की,
ज़िन्दगी के लम्हों में रंग भरने की कोशिश की।।

क्रम-सूची

प्रस्तावना

यह पुस्तक तीन खण्डों में लिखित है, जिसमे प्रत्येक खण्ड मे एक कहानी वर्णित है। पहली कहानी इस पुस्तक का मुख्य आकर्षण है, जो कि नौ अध्यायों मे लिखित है। जिसका सारांश प्रस्तावना में वर्णित है।

एक काल्पनिक व्यक्तित्व रणवीर गुप्ता के जीवन पर आधारित है, जो कि उत्तर प्रदेश राज्य के कानपुर जिले का रहने वाला है। वह बचपन से ही तीव्र बुद्धि एवं मनमोहक चरित्र का मालिक है। घर की माली हालत से परेशान होकर उसने अपनी पढाई छोड दी और घर से भागकर मुम्बई चला गया। जहाँ अपने सपनो के पीछे भागते-भागते जीवन में विभिन्न समस्याओ का सामना करना पडा। इस दौरान सपनो को सार्थक करने में उसने क्या पाया और क्या खोया और उसके जीवन में संघर्ष, प्यार, उतार-चढाव की घटनाओं का विवरण किया गया है।

संघर्ष

1
संघर्ष

उत्तर प्रदेश के कानपुर जिले में रणवीर नाम का एक लडका रहता था, जिसके परिवार में उसके पिता संजय गुप्ता, माता उर्मिला गुप्ता और बडी बहन जानकी थे। उसके पिता जिले में ही बिजली विभाग में चपरासी के पद पर कार्यरत थे, जिनकी छोटी सी सेलरी से उनके परिवार की केवल मूलभूत आवश्यकताये ही पूरी हो पाती थी, यहाँ तक कि विद्यालय की फीस तक भरने में भी समस्यायें आती थी। इसलिये मां उर्मिला भी घर का काम काज निपटाने के बाद कपडे सिलने का काम करती थी। जिससे किसी तरह वह संजय की मदद कर परिवार चलाने में सहायता करती थी। मूलभूत जरूरतो के साथ उनका परिवार खुशी खुशी रहता था।

रणवीर बचपन से ही तेज दिमाग और पढने में अव्वल था, वो कक्षा में अच्छा स्थान प्राप्त करता था। पढाई के साथ वो क्रिकेट खेलने, फिल्मे देखने, अभिनय करने का भी बहुत शौकीन था। वो बचपन से ही विद्यालय में होने वाली प्रतियोगिताओ में भाग लेता था। हर उत्तर प्रदेशवासी की तरह वह भी बिग बी(अमिताभ बच्चन जी) का बहुत बडा प्रसंशक था। बचपन से ही वो अमित जी से मिलने के ख्वाब देखता था। जैसे जैसे वो बडा हुआ, तो घर की आर्थिक स्थिति के कारण उसको समस्यायें होने लगी थी, जिस कारण उसने जिले की राम लीला में भी अभिनय करने लगा था। सन् 2010 का साल था, अब जूनियर कालेज़ में प्रवेश लेना था। तो संजय ने किसी तरह प्रवेश तो करा दिया, लेकिन जानकी दीदी की पढाई और शादी की तैयारी की समस्या के कारण स्कूल फीस, ट्यूशन फीस भी समय पर नहीं दे पाते थे।

किसी तरह रणवीर ने अपनी पढाई जारी रखी, अब तो उसकी रैंकिंग भी गिरने लगी। जिससे वह तनाव में रहने लगा। उसके शौक का तो जैसे दम ही घुटने लगा

और अभिनय का शौक मजबूरी का दामन थामकर किसी तरह राम-लीला के रूप में ज़िंदा थी। फरवरी, 2012 का समय था, पापा की बिमारी में काफी खर्चे हो जाने के कारण वो कालेज़ की फीस भरने में सक्षम नहीं थे। जिस कारण कालेज़ प्रबंधन ने परीक्षा का प्रवेश पत्र देने से इंकार कर दिया था। आज रणवीर बहुत गुस्से में था और कालेज़ के बाद घर न जाकर अपने दोस्त कमल के घर चला गया। कमल के पिता प्रापर्टी डीलर थे, अतः उनकी माली हालत काफी अच्छी थी। टाइम पास करने के लिये कमल ने वीसीडी में रणवीर कपूर की फिल्म रॉकस्टार लगा दी।

फिल्म में रणवीर कपूर का जीवन और उसके संघर्ष से वह बहुत प्रभावित हुआ। जैसे यह फिल्म देखकर उसके ख्वाब, उसके शौक फिर से जीवित हो गये। लेकिन परीक्षा का तनाव अभी कम नहीं हुआ था, कि तभी कमल के पिता वहॉ आ गये। चूंकि कमल, रणवीर का काफी अच्छा दोस्त था और वह उसके घर कई बार जा चुका था, तो उसके घर वाले उसे अच्छे से पहचानते थे। कमल ने अपने पापा को रणवीर की समस्या और कालेज़ प्रशासन के रवैये के बारे में बताया, तो उसके पापा ने उसे तनाव न लेने और प्रवेश पत्र दिलाने का आश्वासन दिया।

कालेज़ की परीक्षा पास करने के बाद आगे की शिक्षा जारी रखने और अच्छा कालेज़ पाने की चाहत में उसने कई जगह आवेदन दिया और अच्छे अंको के साथ वो पास तो कर लेता था, लेकिन पैसे न होने के कारण प्रवेश नहीं मिल पा रहा था। जिसके बाद उसने कई संस्थानों में स्कॉलरशिप के लिये आवेदन किया, उत्तर प्रदेश सरकार के स्कालरशिप हेतु भी आवेदन दिया, लेकिन कोई व्यवस्था नहीं हो सकी। देखते ही देखते उसके सभी दोस्तो का दाखिला बडे-बडे कालेज़ो में हो गये, लेकिन रणवीर की मंज़िल के तो आसार ही नज़र नहीं आ रहे थे।

कुछ महीने बाद, रणवीर बाज़ार से दिवाली का सामान खरीदकर घर लौट रहा था। रास्ते में उसे अपना पुराना सहपाठी राकेश मिला, जो कि कक्षा के सबसे बदमाश लडकों में से एक था और पढने में काफी कमजोर था।

रणवीर- और भाई राकेश! कैसा है तू?

राकेश- झकास। तू बता, तेरे क्या हाल चाल है टॉपर बाबू।

रणवीर- काहे का टॉपर, सब बस कहने की बाते है। तू बता, आज कल कहॉ है, दिखता नहीं अब। पहले तो जहॉ देखो, तू ही तू नज़र आता था।

राकेश- यही तो अपने जलवे थे। अब तो साला, लखनऊ में क्लास, पढाई, हॉस्टल में ही दिन निकल जाता है। अभी तो दिवाली के लिये इधर आया हू।

रणवीर- अबे, राकेश द बिगबॉस कब से पढने लगा, तेरे मुह से ये सब बाते अच्छी

नहीं लगती।

राकेश- तू बता, अब कहा के टॉपर लिस्ट की शोभा बढा रहा है।

रणवीर- नहीं यार, वो पापा की तबीयत सही नहीं है, तो पास में सरकारी कालेज़ में एडमिशन ले लिया।

कालेज़ का नाम सुनते ही राकेश हॅसने लगा।

राकेश- अबे, ये अपना धोबीघाट कालेज़। यहॉ तो बहुत सुट्टे जलाये है। चल कोई बात सबका अपना अपना नसीब है।

राकेश तो वहा से चला गया था, लेकिन उसकी वह हसी रणवीर के कानों में गूंज़ रही थी। रणवीर का मूड खराब हो गया, और पूरी दिवाली उसने पटाखो और मिठाई को हाथ तक नहीं लगाया। राकेश की हंसी उसके कानों में गूंजती रहती थी, उठते-बैठते, सोते-जागते बस यही उसके दिमाग में चल रहा था। फिर एक दिन उसने फैसला किया, कि नसीब में चाहे जो भी लिखा हो, लेकिन मैं अपना तक़दीर खुद लिखुंगा। उसने अपना सामान उठाया, थोडे पैसे लिये और घर में चिट्ठी रखकर निकल गया।

2

वेल्कम टू मुम्बई

रणवीर घर में चिट्ठी रखकर अपने सपनों के पीछे निकल गया, लेकिन वह चिट्ठी में उस शहर का नाम लिखना भूल गया। घर में उसकी चिट्ठी पढकर बवाल मच गया, घर वाले परेशान कहाँ ढूंढे? दोस्तो को फोन करके पता किया लेकिन कोई जानकारी नहीं मिली। तब जाकर रणवीर के गुमशुदा की रिपोर्ट लिखाने पुलिस थाने गये लेकिन वहाँ से भी कोई खास आश्वासन नहीं मिला।

इधर रणवीर अपने सपनो के पूरा सपनों की नगरी, बॉलीवुड की राजधानी मुम्बई आ गया। लेकिन शायद मुम्बई को उसका आना रास नहीं आया, इसीलिये उसके आने से पहले ही कंगाली और भुखमरी ने उसका दामन थाम लिया। हुआ ऐसा कि, जब ट्रेन सी एस टी स्टेशन पहुचने वाली थी, तभी रणवीर की बगल वाली सीट में एक सुंदर सा हष्ट-पुष्ट लडका आकर बैठा और बातचीत करते करते मानो दोस्ती हो गयी। लेकिन स्टेशन में उतरते ही उस लडके ने उसका बैग पार कर दिया और जब तक रणवीर कुछ समझ पाता वह लडका जैसे गायब हो गया। अब रणवीर के पास न ही कपडे बचे और न पैसे, चोरी के डर से ही तो बैग में पैसे रखे थे और अब तो बैग ही पार हो गया।

निराश होकर रणवीर स्टेशन से बाहर निकला और पास ही जाकर बैठ गया और घर के बारे में सोचने लगा, लेकिन उसके पास तो पैसे भी नहीं थे कि घर में फोन तक लगा सके।

वह कुछ देर उदास होकर बैठा रहा, लेकिन उसका पेट शायद उसकी बेबसी को नहीं समझ पा रहे था। वह उठा और इधर उधर भटकने लगा कि कहीं पानी ही मिल जाये, लेकिन इतने बडे शहर में पानी भी मुफ्त में नही मिला। फिर वह जाकर पार्क

के पास बैठ गया और अपने निर्णय पर पछताने लगा। तभी उसके कानों में एक बड़ापाव वाले की आवाज़ सुनाई दी, लेकिन उसको यह आवाज़ कुछ पहचानी सी लगी। इस आवाज़ ने जैसे उसके मन में उम्मीद की लहर जगा दी थी। वह झट से उठा और बडापाव वाले के पास गया और बोला।

रणवीर- का चचा, यूपी से हो का?

दुकानदार- हाँ बाबू, तुम कहा से हो?

रणवीर- कानपुर से चचा।

चचा, कोनो काम मिलेगा क्या?

दुकानदार- का हुआ बाबू, परेशान लग रहे हो।

रणवीर ने अपनी आपबीती दुकानदार को सुनाई और काम के लिये पूछा।

दुकानदार- बाबू, काम कहाँ मिलेगा, यहाँ बडी मुश्किल से दो बख़त की रोटी मिल पाती है और उसने खाने के लिये रणवीर को बडापाव और पानी दिया।

तभी वहाॅ कुछ विदेशी आये और कुछ पूछने लगे, लेकिन दुकानदार को कुछ समझ नही आ रहा था, तब रणवीर ने दोनो के मध्य मध्यस्थता की और विदेशियो से बात की।

दुकानदार- बाबू, पढे लिखे जान पढते हो और अंग्रेजी भी बोल लेते हो। देखते है, कही काम के लिये बात करते है। लेकिन तब तक बाबू, खाओगे, रहोगे कहा?

रणवीर- चचा, आप कहो तो जब तक कही काम नही मिलता, तब तक आपके साथ यही काम कर लेता हूँ। आप पैसे मत देना लेकिन तब तक रहने खाने को बस मिल जाता।

दुकानदार- बाबू, "ये मुम्बई है, यहाँ सबसे सस्ती है जिंदगी और सबसे मंहगा है जिंदा रहना"।

बाबू खाने की व्यवस्था तो मैं कर दूंगा, लेकिन रहने के लिये समस्या होगी।

रणवीर के मन में कुछ उम्मीद जगी और बोला- चचा, मै कही भी पडा रहूंगा।

दुकानदार- बाबू यहाँ गुसलखाने जितने कमरे में पांच लोग रहते है, चलो देखेंगे क्या व्यवस्था होती है।

शाम तक रणवीर वही बैठा रहा और जो कुछ काम होता, करने की कोशिश करने लगा। रात में दोनो घर की ओर चल दिये, जो कि वहाँ से लगभग 5 किमी दूर था। घर पहुंच कर देखा, तो छोटा सा कमरा था, उसमे भी पांच लोग रहते थे।

सबने खाना खाया और रणवीर के लिये सोने की जगह नही थी, तो बरामदे में ही सो गया। सुबह दोनो काम पर निकले, तब उसने असली मुम्बई के दर्शन किये। आज दुकान में कुछ ज्यादा ही चमक थी, शायद रणवीर का व्यक्तित्व ही ऐसा था, कि लोग उसकी ओर खिंचे चले आते थे। वह लोगों से हंसते हुये बाते करता, जिससे लोग काफी आकर्षित होते। ये क्या, आज तो दुकान का सारा सामान आठ बजे ही खत्म होने चला था। लगभग नौ बजे सारा काम निपटाकर दोनो घर के लिये निकल गये।

रणवीर- क्या चाचा, बस इतना ही सामान था, कितना मजा आ रहा था और अभी तो लोगो के रात के खाने का समय हो रहा है और कितनी ग्राहक और मिलते।

दुकानदार- अरे ठहर जा बाबू, जानता है जितना बडापाव आज तूने बेचा है, उतना मैं केवल किसी त्योहार या रविवार को ही बेच पाता हूँ, वो भी रात के दस-ग्यारह बज जाते है। लेकिन तुझमे कुछ बात है, तेरे रहने से जैसे ग्राहक खिंचते चले आते है।

इस तरह एक हफ्ते बीतने लगे, तब रणवीर ने दुकानदार से कुछ पैसे मांगे।

दुकानदार- क्या हुआ बाबू, कुछ चहिये क्या?

रणवीर- सोच रहा था, कि एक बार घर मे बात कर लूं, वो लोग भी परेशान होंगे और अपने लिये कुछ कपडे ले लेता, आपके कपडे में तो मैं डूब जाता हूँ।

दुकानदार ने उसे 500रु का नोट दिया और सम्भाल के खर्च करने कि हिदायत दी।

रात को घर लौटते समय दुकानदार ने उससे कहा- के मैने रम्मा से तेरे नौकरी के लिये बात की थी और परसो तुझे काम के लिये उसके सेठ ने मिलने बुलाया है। कहते है, बहुत बडा आदमी है और खतरनाक है थोडा सम्भल के जाना। यह सुन के रणवीर बहुत खुश हुआ, लेकिन थोडा तनाव में पड गया, कि कभी नौकरी के लिये गया नहीं हूँ, वहाँ क्या होगा, कैसे करना होगा? इसी तनाव में अगला दिन भी बीत गया। नौकरी की उम्मीद और तनाव ने उसे रात भर सोने नही दिया। अगले दिन सुबह वह उठा और नये कपडे पहनकर वो नौकरी के लिये गया।

वहाँ पहुंचा तो देखा आलीशान बंगला गाडियों और नौकर चाकरों की लाइन लगी थी। रम्मा भी जाकर उसी लाइन में जाकर खडा हो गया और रणवीर भी साथ में जाकर खडा हो गया। वहाँ सबकी जांच के बाद ही अंदर जाने दिया जा रहा था, अब हमारा नम्बर था वहाँ खडे बॉडीगार्ड ने हमसे पूछा- क्यू रे रम्मा, ये किसको साथ लेकर आया है?

रम्मा- साहब, ये मेरा भतीजा है, गांव से आया है। नौकरी के लिये साथ लाया हूँ। बात किया था मैने मालिक से।

बॉडीगार्ड- ए चल तू वहाँ जाकर बैठ जा।

रणवीर थोडा सा डरा हुआ, पास ही जाकर खडा हो गया। देखते ही देखते सब लोग कही गायब हो चुके थे और वह वही खडा रहा। अब वहाँ कोई और नहीं था। काफी समय बीतने के बाद अंदर से बुलावा आया और वह अंदर चला गया। अंदर एक आलीशान सा हाल इतना बडा जिसमे तो 2-4 घर समा जाये। रणवीर वही जाकर खडा हो गया।

कुछ देर में एक सुंदर सी 25-27 साल की लडकी सामने आकर सोफे में बैठ गई। जिसका नाम रिया राणा था और वो मालिक संजीव राणा की इकलौती बेटी थी, जो कि मालिक के बिजनिस में उनका साथ देती थी।

रिया- तो तुम हो, जिसे पापा ने काम के लिये बुलाया है।

रणवीर- जी.. जी मैडम, वो रम्मा चाचा ने बात किया था।

रिया- क्या! रम्मा, हू इस दिस? तुम काम कर लोगे।

रणवीर- जी मैडम, काम क्या करना होगा?

रिया- व्हाट द ****? तुम्हे ये भी नहीं पता, तो करने क्या आये हो?

रणवीर- जी काम ढूढने आया हूँ।

रिया- डिग्री वगैरह कुछ लाये हो या ऐसे ही मुह उठा के चले आये।

रणवीर ने कोई जवाब नहीं दिया और सिर झुकाये खडा रहा।

रिया- कुछ जवाब दोगे या...। यू इलिट्रेट पीपल, व्हाट डू यू थिंक, व्हाय यू कम हीयर? शेमलेस पीपल।

अब रणवीर भी आपे से बाहर चला और बोला- वो हेल्लो, व्हाट यू थिंक, ओनली यू हैव अ टंग इन योर माउथ। यस आई वाज अ मैड, दैट्स व्हाय आई केम हीयर।

इतना सुनकर रिया आग बबूला हो गई।

रिया- गेट आउट फ्रॉम हीयर यू स्काउंड्रल।

उसने नौकर को बुलाया और रणवीर को घर से बाहर निकलवा दिया।

रणवीर घर आकर से बडापाव की दुकान में आकर काम पर लग गया।

दुकानदार- अच्छा हुआ तू आ गया, आज तो जैसे ग्राहक ही कहीं गायब हो गये।

रणवीर- इसीलिये तो मै आ गया, अब दोनो मिलके रंग जमायेंगे।

दुकानदार- तेरी नौकरी का क्या हुआ?

रणवीर- कुछ नहीं, मज़ा नहीं आया। उससे अच्छा मैं अपने चचा के साथ ही क्यूं न रहूं।

इस तरह चचा के साथ बड़ापाव के दुकान में काम करते करते 15 दिन से अधिक हो गये। एक दिन दुकान में एक बड़ी सी कार आकर रुकी और ड्राइवर ने रणवीर को इशारा करके दो बड़ापाव मंगाया और जब रणवीर पैसे लेने गया। तो देखा रिया अंदर बैठी थी।

रणवीर- मैडम, पैसे।

रिया- कितने हुये?

रणवीर- मैडम, 10 रुपये।

रिया- कल घर आकर ले जाना और कार चल दी।

रणवीर का गुस्सा अभी भी शांत नहीं हुआ था, सो वह 3 दिन तक राणा साहब के घर गया ही नहीं। चचा के बहुत कहने समझाने पर आखिरकार चौथे दिन वो राणा साहब के घर जाने के लिये निकल गया।

3

पहचान या डिग्री

रिया राणा के बुलाये जाने पर रणवीर उसके घर के लिये निकला, लेकिन उसके मन में दुविधा थी कि कही फिर से वह उससे पिछली बार के जैसे दुर्व्यवहार न करे। लगभग 11 बजे रणवीर रिया के घर पहुंचा। दरवाजे पर दरबान से रिया मैडम से मिलने की बात कही।

दरबान ने उसे बताया कि मैडम अभी थोडा व्यस्त है और कुछ देर से मिलेंगी। रणवीर को वही रखी मेज पर बैठाकर वह अपने काम में व्यस्त हो गया।

लगभग 2 बजने लगे थे लेकिन रिया का कुछ पता ही न था, दरबान भी कोई जानकारी नहीं दे रहा। अब तो लगने लगा, कि शायद उस दिन का बदला लेने के लिये रिया परेशान कर रही है। रणवीर ने घर जाने का मन बनाया और जाने लगा। घर से कुछ दूर निकला ही था कि पीछे दरबान दौडते हुये आवाज लगाई। शायद रिया ने मिलने बुलाया था। वह फिर रिया से मिलने हाल में गया। देखा तो हाल में रिया के साथ राणा साहब भी मौजूद थे।

राणा साहब- आओ यंगमैन यहाँ आओ।

रणवीर ने राणा साहब के पैर छुये और पास में खडा हो गया।

राणा साहब- क्या नाम है?

जी, रणवीर... रणवीर गुप्ता।

राणा साहब- कहाँ से हो?

रणवीर- कानपुर, उत्तर प्रदेश।

राणा साहब- पढाई कहाँ तक की है?

रणवीर- जी हायर सेकेण्डरी पास हूँ, कालेज में दूसरा स्थान प्राप्त किया है।

राणा साहब- वॉव! तो फिर आगे पढाई क्यू नहीं की? और फिर मुम्बई मे नौकरी?

रणवीर ने अपनी सारी कहानी उनको सुनाई।

राणा साहब- तुम्हारे पास कोई डिग्री नही है, कोई पहचान नहीं है तो तुम्हे कैसे नौकरी में रख लू।

रणवीर- पहचान! जी, पहचान ही तो बनाने आया हूँ और जब बन जाएगी तो फिर डिग्री की कोई जरूरत नहीं पडेगी।

राणा साहब ने रिया को कुछ इशारा किया, जैसे वो कह रहे हो कि उसने सही इंसान को चुना है। तब रिया मुस्कुराई और राणा साहब कोई बाय कह कर चली गई।

रिया के जाने के बाद राणा जी बताया कि जिस नौकरी के लिये रणवीर को बुलाया गया था। उसमे किसी और को नियुक्त किया जा चुका है, लेकिन उन्होने रणवीर को अपने जूहू में बने पैंट हाउस की रखवाली की नौकरी दे दी। बताया कि उसे वही रहना पडेगा और वेतन 20000/- (बीस हजार रुपये) मिलेगा। उसने बंगले का पता लिया और घर के निकल गया।

आज रणवीर बहुत खुश था, लाइफ की पहली नौकरी वो इतनी अच्छी कि 20000/- रुपये वेतन और रहने की भी व्यवस्था हो गई, वो भी चचा के उस कमरे लाख गुना बेहतर। वह बाज़ार से मिठाई लेकर चचा के पास गया और खुशखबरी सुनाई।

अगले सुबह रणवीर जल्दी उठकर उस पते पर निकल गया। वहाँ पहुच तो बंगला देखकर आखे खुली की खुली रह गई। अरे इतना मस्त बंगला, ऐसा तो सिर्फ फिल्मों में देखा था। अब तो उसमे रहने का भी मौका था। दरबान से चाभी लेकर वह अंदर गया, ओ तेरी क्या शानदार हाल इसमे तो पूरी बारात निपट जाये। वह अंदर गया और काउच पर लेट गया। तभी वहाँ फोन की घंटी सुनाई दी।

रणवीर- हेल्लो, कौन?

रिया- आखिर तुम वहाँ पहुंच ही गये, घर कैसा लगा।

रणवीर- शानदार, ऐसा तो मैने सपने में भी नहीं देखा था।

रिया- तो देखना भी मत। इस घर में तुम केवल केयरटेकर की हैसियत से काम कर रहे हो और साफ-सफाई का विशेष ध्यान रखना। डैड को गंदगी बिलकुल पसंद नहीं है।

रणवीर- जी मैडम।

रिया- नो मैडम, काल मी रिया।

रणवीर- ओके मैडम।

रिया- व्हाट?

रणवीर- सॉरी रिया।

रिया- वैसे वहाँ कोई नहीं आता, पर कभी-कभी हम लोग पार्टी के लिये वहाँ आते है।

इसलिये सफाई का बिलकुल ध्यान रखना और बार तरफ बिलकुल मत जाना। डैड के पर्सनल कलेक्शन है, छूना भी मत।

रणवीर- जी बिल्कुल।

फोन कटते ही रणवीर ने अपने घर फोन लगाया और खुश खबरी सुनाई, लेकिन घर वालो के लिये ये कोई खुशी की बात नहीं थी। उनका तो कलेजे का टुकडा जो कभी शहर से बाहर नहीं गया था, वो आज हजारो किलोमीटर दूर था। फोन में मां बस रोती रही और रणवीर से लौट आने की गुहार लगाती रही, लेकिन रणवीर का इरादा पक्का था, सो उसने बीच में ही फोन काट दिया।

रणवीर को यह नौकरी रास आने लगी थी, दिन भर टीवी देखना, आराम करना, घूमना-फिरना, सोना, सफाई सफाई का क्या जब कोई गंदगी करने वाला ही नहीं है, तो सफाई क्या करना। इतने से काम के लिये उसे इतने सारे पैसे मिल रहे थे, सो वो नौकरी से बहुत खुश था।

अब रणवीर को नौकरी करते करते तीन महीने होने चले थे, लेकिन आज तक उस घर में कोई भी नहीं आया पर वेतन हर बार समय पर आ जाती थी। इसलिये रणवीर अपने शौक को पूरा करने के लिये थियेटर करने का निर्णय लिया और नया काम ढूंढने लगा। एक महीने की मेहनत के बाद उसे एक थियेटर में काम मिल गया और वह प्रैक्टिस में जाने लगा। इस तरह उसका दोनो काम अच्छे से चलने लगा। पंद्रह दिन की प्रैक्टिस के बाद अगले दिन उसका पहला शो था, वह खुशी खुशी घर लौट आया। घर आते ही दरबान ने बताया, कि आज बहुत देर से फोन बज रहा है और रिया मैडम बात करना चाहती है।

रणवीर जल्दी से अंदर गया और रिया को फोन लगाया।

रिया- व्हेयर आर यू इडियट? आई हैड काल्ड यू अ लॉट ऑफ टाइम।

रणवीर- सॉरी रिया, मै कुछ काम से बाहर गया था।

रिया- तुम एक मोबाइल क्यू नहीं ले लेते, दोबारा ऐसा नहीं होना चाहिये।

रणवीर- ओके।

रिया- आज मैं और मेरे फ्रेण्ड वहाँ पार्टी करने आ रहे है, पूरी तैयारी कर लेना।

रणवीर- जी, क्या-क्या करना होगा?

रिया- खाना होटल से आ जायेगा, तुम बार, पूल और साफ सफाई देख लेना।
रणवीर- ओके।

फोन कटने के बाद रणवीर ने चारों तरफ नज़र घुमाया, अरे बाप रे हर तरफ गंदगी और उसने तो महीने भर से अच्छे से साफ सफाई भी नहीं की। वह तुरंत साफ सफाई में लग गया, लेकिन कल के शो का क्या होगा। लगभग 3 घंटे की सफाई के बाद उसने आराम की सांस ली और वह सोने चला गया, कि कुछ देर में फोन बजा। रिया ने बताया कि वो लोग आधे घंटे में वहाँ पहुंच जायेंगे और हाँ डांस करते बनता है, प्रैक्टिस कर लो।

अब तो रणवीर की नींद ही उड चुकी थी, वह जाकर काउच में बैठ गया और इंतेज़ार करने लगा। उसमें तो इतनी हिम्मत भी नहीं थी कि वह ठीक से खडा हो सके लेकिन डांस करना भगवान ही जाने। लगभग 1 घंटे बाद रिया और उसके वहाँ पहुंच गये। अरे, ये तो सिर्फ 15-20 लोग ही थे। सब पहुंचते ही काफी तेज म्युजिक शुरु हो गया और बार की ओर टूट पडे और रणवीर को बार अटेंडर बना दिया। जिस लडके ने अभी शराब को हाथ न लगाई हो, वो पेग बनाना क्या जानेगा। इसलिये वो कभी पेग में कम तो कभी शराब डाल देता था, जिसे देखकर रिया के दोस्तों में से एक ने रणवीर की जगह ले ली। और सबने जम के शराब पी। तभी उनमें से एक ने अपनी जेब से पाउडर जैसा कुछ निकाला और जोर से चिल्लाया। उसे देखकर जैसे सब के जोश दुगने हो गये।

रणवीर तो केवल रिया को ही देख रहा था, मॉडर्न ड्रेस में कितनी सुंदर लग रही थी। इसी बीच किसी ने उसे भी 1-2 पेग शराब पिला दी और अब वह खुद पर नियंत्रण खोता जा रहा था।
तभी उसने देखा कि रिया और उसके कुछ दोस्त उस पाउडर को कागज से सहारे नाक में डाल रहे थे, वो कुछ समझ ही नहीं पाया। कि मुह में लगाने वाला पाउडर ये लोग नाक से क्या कर रहे है। फिर डांस शुरु हो गया और रणवीर को भी जबरदस्ती डांस में पकड लिया गया। वह डांस करते करते इतना थक गया था, कि जाके सो गया और पार्टी चालू रही। लगभग 3 बजे सुबह रिया ने उसे जगाया और बताया कि वो लोग जा रहे है, बंगला लॉक कर लो। दरवाजा बंद करने के बाद वह सो गया।

अगले दिन सुबह 10 बजे डोरबेल से नींद खुली, जाकर देखा तो दरबान आया था और उसने आज के शो के बारे में याद दिलाया। अरे 10:30 बजे से तो शो है और रणवीर की हालत तो ऐसी थी, कि वो ठीक से खडा भी नहीं हो पा रहा था। किसी तरह खुद को सम्भाल के वह नहा-धोकर 11 बजे तक ही घर से निकल गया लेकिन जीवन का पहला शो और टाइम पर न पहुंच पाने का डर सता रहा था।

4

आखिरी मुलाकात

रणवीर 11 बजे थियेटर के लिए निकल तो गया, लेकिन उसके मन में डर बना हुआ था। उसने सुना था कि गुरुजी बहुत गुस्से वाले है, पिछले साल उन्होंने एक एक्टर को देरी से आने के कारण ही निकाल दिया था और यह तो उसका पहला शो था। न कोई खास नाम, न पहचान और अगर उन्होंने निकाल दिया तो.....|

रणवीर कुछ ही देर में थियेटर पहुंच गया, शो शुरू चुका था लेकिन अभी उसका रोल नहीं आया था। वह जल्दी से कॉस्ट्यूम पहनकर तैयार हुआ, तभी गुरुजी वहाँ आये। गुरुजी उसे देखते ही बरस पडे, क्यूं साहब बहुत बडे एक्टर बन गये हो। पहले ही शो में देरी।

रणवीर- नहीं गुरुजी, कल प्रैक्टिस करते करते देरी से सोया था, तो आज नींद नहीं खुली।

गुरुजी- मुझे मत सिखाओ, मेरे बाल धूप में ऐसे ही सफेद नहीं हुये है। सुधर जाओ, नहीं तो ये 'आखिरी मुलाकात' सच में आखिरी न हो जाये।

रणवीर- आगे से ऐसा नहीं होगा।

गुरुजी- जाओ अपना स्थान सम्भालो।

रणवीर जाकर अपनी बारी का इंतेज़ार करने लगा। शो का नाम 'आखिरी मुलाकात' था, रणवीर के 5 मिनट के रोल में बहुत तालियां बजीं। वो एक ही दिन में मानो स्टार बन गया हो। शो खत्म होते ही वह अपने काम में लग गया, तभी गुरुजी ने उसे शब्बाशी दिया।

घर लौटते वक़्त आज रणवीर बहुत खुश था, आज पहली बार उसने कुछ नाम कमाया था। घर पर पहुचा, तो दरबान ने बताया कि आज उसके घर से बार-बार

फोन आ रहा है। वह दौड़कर गया और घर में फोन लगाया। मां ने फोन उठाया- बताया कि पापा की तबियत बहुत खराब है और उन्हे कानपुर के एक अस्पताल में भर्ती कराया है। मां के रोते हुये लफ्ज़ उसे परेशान कर रहे थे। उसने रिया को फोन लगाया और 15 दिन की छुट्टी लेकर कानपुर के लिये निकल गया।

घर पर बेटे के आने की बात सुनकर संजय और उमा बहुत खुश थे, लेकिन संजय की तबीयत अब भी बहुत खराब थी। अस्पताल में जांच पूरी हो गई, लेकिन रिपोर्ट के इंतेज़ार में घर ले आये थे। रणवीर के घर पहुंचते ही खुशियो का माहौल आ गया, आज बेटा महीनों बाद घर लौट के आया है। अस्पताल में डॉक्टर ने बताया- कि पापा की किडनी में इंफेक्शन में हो गया है और अभी भर्ती न कराया गया तो किडनी खराब हो सकती है। इंफेक्शन के कारण शरीर के अन्य अंगों को भी नुकसान हो सकता है। पापा को जल्द ही अस्पताल में भर्ती कराया गया, देखते ही देखते पापा की सेविंग और मेरे लाये हुये पैसे जैसे उड़न छू हो गये।

अब 15 दिन बीतने लगे थे और पापा की तबीयत में थोड़ा सुधार आया था, लेकिन डॉक्टर ने नियमित चेक अप की सलाह दी। रणवीर अगले दिन मुम्बई आ गया। लेकिन अब उसके मन में पहले वाले हाव भाव गायब थे। अब उसको किसी भी तरह पैसे कमाने थे। वह पेंट हाउस पहुंचकर रिया को अपने आने की जानकारी दी। रिया ने बताया कि अगले दिन वहाँ एक पार्टी है, जिसमे 100 लोग शामिल होंगे।

रणवीर पार्टी की तैयारी में जुट गया, कुछ ही देर में फोन की घंटी बजी।
रणवीर- हेलो, कौन बोल रहे है?
मैं आकाश।
रणवीर- कैसे हो?
आकाश- मेरी छोड़ो, तुम कहाँ गायब हो, कोई खबर नहीं। गुरुजी नाराज़ है, बोले कि शो के पहले ही देरी से आया था। अब तो स्टार बन गया है, लगता है लम्बी छुट्टी देनी पड़ेगी।
रणवीर ने कानपुर जाने और पापा के तबियत की जानकारी दी और 3-4 दिन में आने की बात कहीं।

अगले दिन सुबह से ही रणवीर पार्टी की तैयारी में व्यस्त हो गया। घर की, पूल की साफ-सफाई, बाज़ार से सामान की खरीदारी। देखते-देखते शाम के 6 बज गये, वह भी थककर सो गया। 9 बजे तक मेहमान घर में आने लगे, रिया भी कुछ ही देर में पहुंच गई। आज वो नीले गाउन में कमाल लग रही थी, लेकिन आज तो रणवीर का मन शायद वहाँ था ही नहीं। धीरे-धीरे पार्टी शुरु हो गई। रिया ने उसे एक थैला

दिया और तैयार होने के लिये कहा।

रिया उसके लिये कुछ नये कपडे लेकर आयी थी, रणवीर भी कुछ ही देर में तैयार हो गया। बाहर जाकर देखा, तो राणा साहब भी आ चुके थे। आज राणा साहब का जन्मदिन था, रणवीर ने उनके पैर छूकर आशिर्वाद लिया और जन्मदिन की बधाई दी। धीरे-धीरे पार्टी शुरु हो गई, फिर वही डांस, शराब का दौर शुरु हो गया। लगभग 3 बजे तक धीरे-धीरे सब घर जा चुके थे। अगले दिन रणवीर थियेटर गया और गुरुजी से माफी मांगी और उन्हे अपनी समस्या से अवगत कराया।

अब रणवीर का जीवन पटरी पर चलने लगी, उसे राणा जी के वेतन के साथ-साथ थियेटर से भी ठीक कमाई होने लगी। लेकिन फिर भी घर के हालातों और अस्पताल के खर्च के लिये पैसे कम पडते थे। जिसके कारण वह तनाव में रहने लगा। इधर अब रिया की आये दिन पार्टी होने लगी, जिसमे रणवीर को हर हाल में साथ रहना पडता। तो रणवीर भी शराब के साथ कभी-कभी ड्रग्स ले लेता था। कभी-कभी वह भी ड्रग्स खरीदने जाता। ड्रग्स और नशे के कारण अब थियेटर का काम भी प्रभावित होने लगा, जिससे वहा से भी काम से निकाल दिया गया।

जिस कारण अब रणवीर की पैसे की चाहत बढने लगी, उसके समस्या का फायदा सब उठाने की कोशिश करने लगे। तब एक ड्रग पेडलर ने उसे ड्रग्स बेचने के लिये कहा और अच्छा मुनाफे का लालच दिया। लेकिन उसने ड्रग्स बेचने से इंकार कर दिया।

समय के साथ रणवीर के घर की माली हालत और खराब हो गई, जब रणवीर ने रिया से मदद मांगी, तो रिया ने उसका वेतन 3000रु बढा दिया। लेकिन अभी भी रणवीर की जरूरत पूरी नहीं हो पा रही थी। जिस कारण उसने पूरक नौकरी ढूढने लगा। इस बीच वह फिर से थियेटर करना चाहा, लेकिन वहाँ भी उसे खाली हाथ लौटना पडा।

ठीक से इलाज न होने के कारण पापा की हालत और ज्यादा खराब हो गई। जिसके कारण उसकी बहन भी पास की दुकान में काम करने लगी, जो रणवीर को बिल्कुल भी रास नहीं आया। रणवीर को कोई काम नही मिल रहा था, जिससे वह अधिक तनाव में रहने लगा और अधिक शराब पीने लगा।

5

मेरा पहला पहला प्यार

रणवीर को कोई काम नही मिल रहा था, जिससे वह अधिक तनाव में रहने लगा और अधिक शराब पीने लगा। अब उसने ड्रग्स के कारोबार में उतरने का निर्णय कर लिया और जाकर ड्रग पेडलर रघु से मिला। रघु एक छोटा सा ड्रग पेडलर है, जो वसीम भाई के लिए काम करता है। वसीम भाई जूहू के आस पास का एक बड़ा नाम था, जो कि जूहू और उसके पास के क्षेत्रों में ड्रग्स माफिया का बादशाह था। रघु उसे वसीम भाई के पास ले गया और पहली बार वसीम ने उसे 2 लाख का माल दिया, जिसमे उसे 50 हजार रुपए का कमीशन मिलना था।

रणवीर ने उसको मिले पते पर माल पहुंचा दिया और पैसे लेकर वसीम भाई के पास आया। वसीम ने उसे कमीशन दिया और ज्यादा पैसे के लिए ज्यादा काम के लिए कहा। रणवीर पैसे लेकर घर आ गया। उसे यह काम बहुत ही आसान लगा और पैसे भी तो इतने सारे मिल रहे थे। अब तो रणवीर रोजाना वसीम भाई के अड्डे पर जाने लगा और उसका कमीशन भी बढ़ने लगा था। कभी कभी वह रिया को भी ड्रग्स बेचकर पैसे कमा लेता था। लगभग तीन महीने के इलाज के बाद अब पापा की भी तबियत ठीक होने लगी थी। लेकिन अब रणवीर की भूख बढ़ती जा रही थी।

धीरे धीरे रणवीर की गिनती जूहू के बड़े ड्रग पेडलरो में सुमार होने लगा था और वह बहुत पैसे कमाने लगा था। लेकिन उसे मुंबई में पैसे रखने के लिए एक सुरक्षित जगह की जरूरत थी, इसलिए उसने राणा साहब का काम अभी भी नही छोड़ा था। ड्रग्स के कारोबार में उसे 2 साल का समय बीतने लगा था, इसी बीच उसे सोनिया नाम की लड़की से प्यार हो गया।

एक दिन रणवीर पास के ही बार में दोस्तो के साथ पार्टी करने गया, वहां उसकी नजर सोनिया पर पड़ी। ब्लैक शॉर्ट सिंगल पीस ड्रेस में डीजे की तेज म्यूजिक में

उसका वह डांस देखकर उसकी नजर ही अटक गई। उसका दिल जोरो से धड़कने लगा था, मानो डीजे की जगह उसका दिल बज रहा है। वह निर्णय नहीं ले पा रहा था कि म्यूजिक फास्ट है या उसका दिल या सोनिया की स्पीड। तभी बार में कुछ मनचलो का झुंड आया और सभी से बदतमीजी करने लगे। उनमें से एक लड़का सोनिया की तरफ बढ़ने लगा, तभी रणवीर ने अपने जेब से बंदूक निकालकर उसे इशारा किया और वह चला गया। उस रात वह एक टक सोनिया को देखते ही जा रहा था, लेकिन शायद सोनिया ने नोटिस नही किया।

रणवीर ने बार मैनेजर से उस लड़की के बारे में सारी जानकारी ली और उसके पीछे लग गया। कुछ ही दिनों में सोनिया और रणवीर का प्यार परवान चढ़ने लगा। सोनिया मुंबई में ही बांद्रा की रहने वाली थी और वो रणवीर से बहुत प्रभावित थी। दोनो अक्सर घंटो बाते करते रहते थे, हमेशा साथ में फिल्मे देखना, घूमना फिरना, पिकनिक जाना। जिसके कारण अब उसका वसीम भाई के अड्डे पर जाना कम होने लगा।

एक दिन रघु उससे मिलने राणा साहब के बंगले में आया।

रणवीर – कैसा है भाई।

रघु – मैं तो ठीक हूं, लेकिन वसीम भाई ठीक नहीं है।

रणवीर – क्यूं, क्या हुआ वसीम भाई को? सब खैरियत तो है न।

रघु – तू कहाँ है इतने दिनो से। आज कल अड्डे नही आता।

रणवीर – कुछ नही यार थोड़ा बिजी हूं, आज कल कुछ काम आ गया था।

रघु – तेरा काम पता है मुझको। सोनिया अच्छी लड़की है, लेकिन वसीम भाई अच्छे नहीं है।

सोनिया का नाम सुनते ही रणवीर चौंक गया। सोनिया... तुम सोनिया को कैसे जानते हो।

रघु – अक्खा जूहू अपनाइच एरिया है, इधर एक चिड़िया भी इंटर करती है तो वसीम भाई से परमिशन लेकर, और ये तो पूरी चिकन तंदूरी है। रणवीर – तू जा मैं कल अड्डे पर आता हूं।

रघु – कल जरूर आना, वरना वसीम भाई मगरमच्छ है, चिकन तंदूरी खा के डकार भी नहीं लेगा।

अगले दिन वह वसीम भाई के अड्डे के लिए निकला, वह अंदर से डरा हुआ था, इसलिए उसने अपनी बंदूक साथ में ले ली।

रणवीर – सलाम भाई।

वसीम – सलाम, क्यू रे तू इतना बड़ा बन गया है, कि बाप के सामने घोड़ा लेकर

आया है।

रणवीर – नहीं भाई, वो तो मैं ऐसे ही साथ लेकर चलता हूं, बोले तो इंप्रेशन मस्त जमता है।

वसीम – हा घोड़े से ही सोनिया को इंप्रेस किया है न तूने।

रणवीर जरा चौका, फिर नहीं भाई।

वसीम – ये भूलना मत, कि मेरे वसीम किसी का घर बसा और उजाड़ सकता है। ले ये डिलीवरी इस पते पर पहुंचा के आना है।

रणवीर फिर से वसीम भाई के काम में लग गया और उधर उसका प्यार का खुमार बढ़ता जा रहा था। दोनो ने शादी करने की प्लानिंग भी कर ली, अब बस दोनो के घर वालो की रजामंदी बाकी थी। पापा के बीमारी के बाद उसकी बहन का विवाह भी जल्द हो गई थी। अब रणवीर ने घर वालो से सोनिया के बारे में बात करने की ठान ली थी, लेकिन वह चाहता था कि पहले सोनिया अपने घर वालो से बात करे। लेकिन सोनिया के डैड बहुत ही गुस्सैल थे, और सोनिया के ड्रग एडिशन के कारण उससे हमेशा नाराज रहते थे, जिस कारण यह संभव नहीं हो पा रहा था। रणवीर अब जल्द से जल्द शादी करना चाहता था, इसलिए उसने शादी और घर खरीदने के लिए पैसे इकट्ठे करने शुरू कर दिए।

अब रणवीर पहले से ज्यादा काम करने लगा था और खतरनाक तथा बड़े बड़े काम हाथ लेने लगा। एक बार वसीम भाई ने उसे नए ड्रग के कनसाइनमेंट के बारे में बताया, जिसमे कम माल की डिलीवरी में बहुत पैसा मिलना था। जो उसे बांद्रा के पास एक क्लब में पहुंचाना था। उसने माल को क्लब में पहुंचा दिया और एक छोटी सी पुड़िया निकालकर सोनिया को दिया।

अगले दिन उसने समाचार में देखा कि उसी क्लब में नशीली दवाओं के सेवन के कारण 8 लोगो की मौत हो गई और 20 लोग अस्पताल में भर्ती कराए गए। वह बहुत डर गया और वसीम भाई के पास जाने लगा। तभी अचानक उसे याद आया कि उसने इसी ड्रग की एक पुड़िया तो सोनिया को भी दिया है, उसके तो होश उड़ गए। उसने तुरंत उसे फोन लगाया, लेकिन फोन नही उठा। वह घबरा गया और जल्दी ही उसके घर पहुंच गया। जहां उसके अस्पताल में भर्ती होने की जानकारी उसे मिली। वह अस्पताल गया और.....।

6

जंग-ए-ज़िंदगी

रणवीर के ड्रग्स के कारण 8 लोगो की मौत हो गई और उसने इसी ड्रग का पाउच सोनिया को भी दिया था। तब वह सोनिया को ढूंढता हुआ अस्पताल पहुंचा, तो उसने देखा कि चारो और मातम का माहौल पसरा हुआ था। वह किसी तरह सोनिया के बेड तक गया, तो पता चला कि उसकी तबियत बहुत नाजुक है और बचने के चांस बहुत ही कम है। उसने डॉक्टर को पैसे दिए और अच्छा से अच्छा इलाज करने की बात कहकर वसीम के अड्डे निकल गया।

अड्डे में पहुंचकर वसीम से गुस्से में बोला।

रणवीर- वसीम भाई! ये आपने मेरे हाथो क्या करा दिया, जहां देखो मातम का माहौल।

वसीम – देख मैं नहीं जानता था, कि वह ड्रग्स इतना खतरनाक है। मुझे तो बस पार्सल मिला था, कि उसे बार में पहुंचाना है, तो तू नहीं पहुंचाता तो कोई और।

रणवीर – अरे तुझे कुछ फर्क नहीं पड़ता, वहां इतने सारे लोग मर गए और कितनों की हालत खराब है और सोनिया भी तो।

वसीम – क्या सोनिया, सोनिया को भी तूने यह ड्रग्स दिया था।

रणवीर – हां वो सैंपल का पैकेट मैने उसे दिया था।

वसीम – शांत रह तू, देख वो ठीक हो जाएगी, मैं देगा न इलाज का पैसा, करा तुझे जहां इलाज कराना हो। विदेश भी ले जाना हो, तो ले जा मैं देगा सारा पैसा।

रणवीर – और बाकी लोग जो मर गए उनका क्या?

वसीम – देख भाई, ये ड्रग्स का धंधा तो वैसे भी मौत का धंधा है, आज नही तो कल होना ही था। तू परेशान न हो, जा सोनिया का मजा इलाज करा और तू पुलिस की टेंशन मत लेना, बाकी सब मैं संभाल लेगा, तेरा नाम नही आयेगा।

रणवीर अस्पताल आया, तो देखा कि सोनिया की मृत्यु हो गई। वह सोनिया की मौत का कुसूरवार खुद को मानने लगा और ड्रग्स का धंधा छोड़ दिया। रघु और वसीम ने उसे कई बार समझाया और धमकी दी, लेकिन उसने अड्डे पर जाना पूरी तरह से बंद कर दिया। जैसे रणवीर को जीने की इच्छा ही नहीं रह गई, उसने 2 बार आत्महत्या की कोशिश भी की। खाना – पीना सब छोड़ दिया, न दिन का ठिकाना और न रात का। बस शराब के नशे में कही भी घूमता रहता।

अब सोनिया की मौत को 10 महीने होने लगे और रणवीर की ज़िंदगी भी धीरे-धीरे पटरी पर आने लगी। फिर राणा साहब और रिया की पार्टी में बेमन ही सही रहना पड़ता था। अब उसने शराब पीना और नशा पूरी तरह से त्याग दिया, लेकिन यादों में कही सोनिया को जिंदा रखे, नये रास्ते की तलाश में जुट गया।

रणवीर ने फिर से थियेटर करने का निर्णय लिया, लेकिन उसे सफलता नहीं मिली और गुरुजी ने सीधे तौर पे उसे मना कर दिया। फिर भी उसने हार नहीं मानी और वह रोज जाकर थियेटर के बाहर खड़ा रहता और सबके जाने के बाद ही घर जाता। इसी तरह लगभग 1 महीने बीत चुके थे, लेकिन वह अभी भी अपने विश्वास में अडिग था। एक दिन गुरुजी ने उसे अंदर बुलाया।

गुरुजी – क्यूं भाई, कोई काम धंधा नहीं है क्या? जो रोज आकर खड़े रहते हो।

रणवीर चुपचाप खड़ा रहा।

गुरुजी – अब तो इनकी जुबान भी बंद हो गई, पहले तो कैंची की तरह कच-कच चलती थी। जाओ भाई, कोई काम धंधा ढूंढो, यहां कोई जगह नही है।

रणवीर वही खड़ा रोने लगा। गुरुजी ने उसे पानी दिया और पास बिठाया।

गुरुजी – क्या हुआ? बड़ा परेशान लग रहा है। कोई समस्या है, तो बोल रो क्यूं रहा है।

रणवीर – कोई समस्या नहीं, बस आप मुझे थियेटर में वापस ले लीजिए।

गुरुजी – चल जा काम पर लग जा, कामिनी तुझे तेरा काम समझा देगी।

रणवीर ने गुरुजी के पैर छुए और चला गया।

रणवीर को थियेटर में काम करते हुए 8 महीने बीतने लगे और इस बीच उसने कई शो किए और धीरे धीरे उसका नाम फेमस होने लगा। एक दिन रणवीर अपने शो की तैयारी में व्यस्त था, तभी उसका फोन बजा।

रिया – रणवीर, कहा हो?

रणवीर – रिया, वो मैं काम से बाहर आया था।

रिया – कब तक आओगे?

रणवीर – रिया, शाम हो जाएगी।

रिया – ऐसे-कैसे तुम बंगला छोड़ कर कहीं जा सकते हो। तुम्हे बंगले की देखभाल के लिए रखा है या ऐश करने के लिए।

रणवीर – सॉरी रिया, अगली बार से शिकायत का मौका नहीं मिलेगा।

रिया – मिलना भी नही चाहिए, नही तो अगला मौका आखिरी होगा।

रणवीर – जी मैडम, नही मिलेगा।

रिया जोर जोर से हंसने लगी।

रिया – एक ही बार में रिया से मैडम में आ गए। थोड़ी बहुत एक्टिंग तो मैं भी कर लेती हूं।

रणवीर – मैं समझा नही।

रिया – कुछ नही, मैं और अविनाश (रिया के पति) आज थियेटर देखने आए थे, लेकिन यहां तो बहुत भीड़ है और टिकट नहीं मिल पा रही। सुना है, तुम्हारी यहां बड़ी पहचान है।

रणवीर – रिया तुम थियेटर में हो, मैं अभी आया।

रणवीर ने दोनो को अंदर बुलाया और सबसे परिचय कराया। उसने दोनो को सामने की दो विशेष सीट दी।

शो खत्म होने के बाद,

रिया – तुम तो छुपे रुस्तम निकले, इतने सालो से हमारे यहां रह रहे हो, लेकिन किसी को भनक तक नहीं लगने दी।

रणवीर – बचपन का शौक था, कानपुर में भी रामलीला करता था, तो यहां भी शुरू कर दिया।

अविनाश – नाइस एक्ट मैन।

रणवीर – धन्यवाद सर। अब आगे का क्या प्लान है।

अविनाश – बस साथ में डिनर करेंगे और फिर होम स्वीट होम।

रणवीर – क्यूं, न सब लोग पेंट हाउस चले। आप लोग तो होटल में खाते रहते है, आज इस गरीब को भी मौका दीजिए।

रिया – नही, फिर कभी आज अविनाश का बर्थडे है और ये शाम दोनो साथ में बिताना चाहते है।

रणवीर – हैपी बर्थडे सर।

अविनाश – ओह, थैंक्स ब्रो। थैंक्स आलसो फॉर दी सीट।

कुछ दिन बाद रिया का फोन आया।

रिया – (गाने के अंदाज में) मौका... मौका। मौका.... मौका।

रणवीर – हेलो, ये मौका-मौका क्या है?

रिया – कभी अजय से मिले हो।

रणवीर – कौन अजय?

रिया – अजय देवगन।

रणवीर – (चौंकते हुए) नहीं तो।

रिया – मिलना है।

रणवीर – बिल्कुल।

रिया – नेक्स्ट मंथ 8 को एक एड कंपनी 4 दिन के लिए बंगला रेंट पर ले रही है। अजय देवगन का एड शूट है। बंगला का लुक देख लेना।

रणवीर – जी मैडम।

रिया – बेस्ट ऑफ लक।

रणवीर बहुत खुश था, उसने पहले ही थियेटर से 4 दिन की छुट्टी ले ली। उसके मन में अपने लिए एक मौका दिख रहा था, शायद किस्मत चमक जाए।

आठ तारीख को 10 बजे तक टीम बंगले में पहुंच गई और सेट अप तैयार करने लगी। पता चला कि 4 दिन में कुल 4 एड फिल्म की शूट होनी है और अजय सर तीसरे या चौथे दिन आने वाले है। वह भी शूट कंपनी की मदद में लग गया। अगले दिन एड शूट शुरू हो गया और उस दिन 2 शूट होने वाले थे। जबकि तीसरे दिन 2 शूट होने थे और यदि न हो सके तो चौथे दिन करने थे। दूसरे दिन एक एड फिल्म शूट हुआ, लेकिन दूसरे एड फिल्म में एक्टर के न आ पाने के कारण शूट रुक गया।

तीसरे दिन अब तीन शूट किए जाने थे, जिसमे से पहला शूट 2 बजे तक पूरा हो चुका था और अजय सर चौथे दिन आने वाले थे, लेकिन आज भी वो एक्टर नहीं आ सके। जिससे शूट का काम आज भी रुका हुआ था। वही क्रू मेंबर में से कुछ लोग अभिनय करने लगे, जिसे रणवीर गौर से देख रहा था। उसे भी अपनी अभिनय दिखाने का मौका मिल गया, तो वह भी उनमें शामिल हो गया। उसकी अभिनय और संवाद का तरीका (डायलॉग डिलीवरी) को देख सब प्रभावित थे। तभी क्रू मेंबर में से किसी ने निर्देशक को जाकर बताया। निर्देशक को भी उसका अभिनय अच्छा लगा। कुछ ही देर में वह एक्टर वहां आ गया और सभी शूट की तैयारी में लग गए। रणवीर भी उदास मन से जाकर बैठ गया। शूट खत्म होने के बाद सब चले गए।

आज की रात रणवीर को नींद नहीं आने वाली थी, उसे लगा कि सुनहरा मौका हाथ से निकल गया और वह रात भर अपनी किस्मत को कोसता रहा और करवट

लेते रात गुजर गई।

अगला दिन शूट का आखिरी दिन था और आज अजय सर का शूट होने वाला था। शूट 12 बजे शुरू हो गया और लगभग 1 बजे अजय सर शूट पर आये। 2 घंटे के शूट के बाद सब शूटिंग खत्म हो गई और सब जाने लगे। रणवीर को तो अजय सर से मिलने का मौका भी नही मिला, उसने बस दूर से ही उनको शूट करते देखा। वह जाकर अपने कमरे में लेट गया। इधर शूट खत्म होने के बाद सामान समेटने लगे, लगभग 5 बजे एक क्रू मेंबर उसके पास आया और काम खत्म होने की सूचना दी। वह बेमन ही गया और बंगले को निहारने लगा। तभी निर्देशक ने उसे अपने पास बुलाया।

निर्देशक – हे यंगमैन, लुकिंग टायर्ड।

रणवीर – यस सर।

निर्देशक – मैंने तुम्हारी एक्टिंग देखी, क्षमता है तुम्हारे अंदर।

रणवीर – (खुशी से) धन्यवाद सर।

निर्देशक – तुम्हारा नाम क्या है?

रणवीर.... रणवीर गुप्ता। निर्देशक ने एक डायरी में नाम और फोन नंबर लिखा और अपना कार्ड दिया। काम होने पर कॉल करने की बात कही।

आज रात फिर रणवीर की नींद गायब थी, लेकिन यह खुशी की रात थी। अब तो सारी थकान भी गायब हो गई।

7

शराब जीवन के लिये हानिकारक

रणवीर के मन में निर्देशक साहब की बातो को लेकर बेसबरी बढती जा रही थी और उसके फोन मे बजने वाली हर घंटी उसके विश्वास की आजमाइश करती। रणवीर भी मन ही मन बहुत खुश था और अब तो वो थियेटर में और भी चर्चित हो गया। जो उसके उत्साह में लगातार वृद्धि कर रही थी, वह नाटक में दुगुनी स्फूर्ति से काम कर करता। जिससे उसके अभिनय में और भी निखार आने लगा। रणवीर को निर्देशक साहब के फोन का इंतेज़ार करते एक महिने से अधिक होने लगे, लेकिन वह अपने मन को यह कह के समझा लेता था कि इन सब में समय तो लगता रहता है। कई बार तो उसने भी निर्देशक को फोन करने का विचार किया, लेकिन हिम्मत नहीं जुटा पाया।

रणवीर और उसके ख्वाब के बीच अब केवल एक फोन की दूरी थी, जो कि समाप्त होने का नाम ही नहीं ले रही थी। फोन का इंतेज़ार करते अब दो महिने से अधिक होने लगे, अब तो उसका विश्वास भी डगमगाने लगा। पिछली कुछ समय के अनुभव से उसका अपनी किस्मत से विश्वास भी खत्म होने लगा था। इस बात को लेकर वह तनाव में रहने लगा, दिन-रात उसके मन मे यही बाते गूंज रही थी। उसकी हालत देखकर कुछ दोस्त (राकेश और प्रकाश) उसे बियर बार ले गये और जबर्दस्ती शराब पिलाने लगे। उसके लाख मना करने पर भी प्रकाश नहीं माना और जबरन शराब की एक बोतल उसके मुह से लगा दिया। अब तीनो पर शराब की खुमारी धीरे-धीरे छाने लगी, जिस पर दोनों ने निर्देशक को बुरा भला बोलना शुरु कर दिया। दोनो का मानना था, कि रणवीर के मन से फोन न आने का दुख निकल

जाएगा और वह फिर काम पर लग जाएगा।

अब रात के 12 बजने लगे, रणवीर को उसके दोस्त घर छोड़कर निकल गये। रणवीर ने सालभर शराब को हाथ तक नहीं लगाई थी, इसलिये उसका खुद पर कोई नियंत्रण ही नहीं रहा। इसीलिये राकेश और प्रकाश की योजना धरी की धरी रह गई, जिसने उसके ऊपर अलग ही प्रभाव डाली। अब वह अपने आप को छला हुआ महसूस करने लगा और निर्देशक द्वारा खुद को छले जाने की बात सोचने लगा। रणवीर(शराब के नशे में)- साला! ये कमीना निर्देशक अपने आप को समझता क्या है, वो साला मुझको धोखा देता है। इसकी ******। अभी बताता हूँ साले, क्या सोचता है उसके बिना मुझे फिल्मो में काम नहीं मिलेगा। जानता नहीं मुझको मै... मै कौन हूँ। जब मै स्टार बन जाऊंगा, इसको तो घास नहीं डालूंगा। अभी बताता हूँ साले.....।

रणवीर ने निर्देशक को फोन लगा दिया।

निर्देशक- हेलो! कौन?

रणवीर- डायरेक्टर साहब! नमस्कार।

निर्देशक- नमस्कार, जी कौन बोल रहे है आप?

रणवीर- मै......मै रणवीर बोल रहा हूँ।

निर्देशक- कौन रणवीर?

रणवीर- हाँ....हाँ, अब मै आपको याद भी कैसे रहूंगा, दो महिने पहले आप लोग जूहू मे एड फिल्म के लिये आये थे, मैं उसी बंगले का केयर टेकर।

निर्देशक- याद आया, सॉरी.....सॉरी मै तुमको फोन करना भूल गया। अभी रात बहुत हो गई है, कल सुबह बात करते है। गुड नाइट यंग मैंन।

रणवीर- सु..... सुनिये तो.......(फोन कट गया)।

अगले दिन सुबह रणवीर देर से जागा, जल्दी से नहा धोकर तैयार हो गया। वह पिछली रात की बात को लेकर बहुत शर्मिंदा था, वह निर्देशक साहब को फोन करना चाहता था, लेकिन हिम्मत नहीं जुटा पा रहा था। बैठकर अपने आप को कोशने लगा, इतने दिनो बाद डायरेक्टर साहब को फोन लगाया भी तो इस हालत मे। अब मै उनको कैसे फोन लगाऊ, क्या बात करूं। यही सोचते-सोचते शाम होने चली। आज रणवीर का मन कही नहीं लग रहा था, उसने बिमारी का बहाना बनाकर थियेटर से भी दो दिन की छुट्टी ले ली। रणवीर मोबाइल बंद करके आराम करने लगा।

करीब आधे घंटे बाद हाल का फोन बजने लगा। घंटी बजते ही उसके मन में सिरहन दौड़ने लगी, किसका फोन होगा, कही ये डायरेक्टर साहब का फोन तो

नहीं। अरे, उनका कैसे होगा, उनके पास तो इस घर का फोन नम्बर भी नहीं होगा। उनके पास तो मोबाइल नम्बर था, लेकिन उसमे तो फोन ही नहीं किया। फोन उठाने ही वाला था, कि तभी याद आया कि मोबाइल तो बंद है तो कही सच में डयरेक्टर साहब का फोन तो नहीं। तभी फोन की घंटी रुक गई। वह वही खडा फोन का इंतेज़ार करने लगा, जब थोडी देर तक फोन नहीं आया, तो वह तुरंत जाकर मोबाइल चालू किया। और मन ही मन सोचने लगा, चाहे किसी का भी फोन हो, अब डरना नहीं है। हो गई गलती, तो क्या ज़िंदगी भर मुंह छुपाकर घूमुंगा।

करीब एक घण्टे बाद मोबाइल की घण्टी बजी। देखा तो रिया का फोन था।

रिया- क्या हालचाल है, मोबाइल बंद, फोन भी नहीं उठ रहा, मिज़ाज बदल गये है।

रणवीर- नहीं रिया, थोडी तबियत खराब थी।

रिया- क्यूं, रात की उतरी नहीं क्या?

रणवीर सोचने लगा, इसे कैसे पता कल तो सालो बाद शराब पी थी।

रिया(जोर से हसते हुये)- अरे मज़ाक कर रही हूँ। हाँ अच्छे कपडे तो है न तुम्हारे पास।

रणवीर- क्या हुआ रिया?

रिया- हमे एक घण्टे में पार्टी में जाना है, बढिया सा कपडा पहनकर आना।

रणवीर- मै नहीं जा पाउंगा, बताया तो तबियत खराब है।

रिया- मै कुछ नहीं सुनना चाहती, ठीक एक घंटे मे मै आ रही हूँ।

रणवीर का मन बेचैन था, इतने सालो में तो कभी मुझे पार्टी में नहीं ले गई, लेकिन आज अचानक। वह जल्दी से कपडे छाटने लगा, एक घण्टे मे तैयार होकर वह रिया का इंतेज़ार करने लगा। साढे नौ बजे रिया अविनाश के साथ आई और तीनो एक पांच सितारा होटल में पहुचे। रणवीर इतने सालो में पहली बार किसी पांच सितारा होटल के अंदर घुसा था, उसे तो बंगला ही महल की तरह लगता था, लेकिन ये तो लाजवाब था। तीनो जाकर एक टेबल में बैठ गये और किसी का इंतेज़ार करने लगे। कुछ ही देर में एक हैण्डसम सा आदमी वहा आया, सबसे मुलाकात की और सामने की टेबल में बैठ गया।

अविनाश सर ने उनका परिचय राजीव कुमार कराया।

रणवीर- हेलो! सर।

राजीव- हेलो! यंग मैन। क्या हालचाल है?

रणवीर को आवाज़ जानी पहचानी लगी, अरे ये तो निर्देशक साहब है।

रणवीर- बढिया हूँ सर, मस्त हूँ।

रिया(हंसते हुये)- सुबह से इनकी तबियत खराब थी और तुमको देखते ही ठीक हो

गई।

रणवीर- सॉरी सर! कल रात मैने शराब के नशे में आपको काल किया और पता नहीं मैने क्या-क्या बोला। वो दोस्तो ने जबरदस्ती पिला दी, वैसे मैं पीता नहीं हूँ।

राजीव- डैट्स रॉन्ग थिंग। पीना गलत नहीं, हम भी पीते है और आज तुम्हे भी हमारे साथ पीना होगा।

खाना ऑर्डर करके तीनो आपस में कुछ डिस्कस करने लगे, रणवीर वहा बैठा बोर होने लगा। उसे लगा था, कि शायद वो लोग उसके एक्टिंग की बात करेंगे और इसी बहाने उसे एक्टिंग का मौका मिलेगा। लेकिन यहाँ तो कुछ और ही खिचडी पक रही थी। उससे बात करना तो दूर कोई उसकी तरफ देख भी नहीं रहा था। तभी खाना आ गया, लेकिन किसी ने खाने की तरफ देखा तक नहीं और अपने में ही व्यस्त रहे। रणवीर को उनकी बात कुछ समझ नही आ रही थी, लेकिन उसको इतना समझ में आ रहा था, कि बात अविनाश की कम्पनी के कोई एड बनाने की बात हो रही थी।

कुछ देर में सबने खाना खाने लगे और अभी भी उनकी बातचीत जारी रही। अब समझ में आने लगा था, कि बात जल्दी ही खत्म होने वाली है। तभी अचानक अविनाश सर और निर्देशक साहब ने किसी कागज मे हस्ताक्षर किये और हाथ मिलाया।

तभी रिया ने बीच में बोला- बाकी सब तो ठीक है, लेकिन हीरो से तो पूछ लो (और सब हंसने लगे)।

रिया ने बताया कि अविनाश सर की कम्पनी का एड राजीव सर बनायेंगे, जिसमे लीड रोल में रणवीर एक्टिंग करेगा। वह खुशी से पागल हो गया और रोने लगा, उसके आंसू तो रुकने के नाम ही नहीं ले रहे थे।

राजीव- ये तो रो रहा है, शायद इसे बात जमी नहीं। तो फिर इसको कैंसल करते है और किसी और को साइन करते है।

अविनाश- हाँ, ठीक है। जब इसकी इच्छा ही नहीं है, तो ज़ोर नहीं देना चाहिये।

रिया- हाँ.... हाँ किसी और को ही देखते है।

रणवीर को कुछ समझ ही नहीं आ रहा था, वह अचरज़ भरी नज़रो से उनको देखने लगा। अचानक सभी उसकी तरफ इशारा करके हंसने लगे।

8

सुख-दु:ख का अनुपात

एक महिने बाद अविनाश के एड फिल्म की शूटिंग शुरु हो गई, जिसमे कुल चार एड शूट होने थे। इनमे से सभी एड में रणवीर शामिल था। जिसमें से तीन एड ग्रुप में और एक एड सोलो था। यह रणवीर के लिये बहुत बडा मौका था, उसने आज अपने सपनो की ओर एक कदम और बढा लिया।। शूट कुल दो स्थानो मे होने वाले थे, जिसमे से एक मुम्बई और दूसरा गुजरात मे था। पहला शूट गुजरात लोकेशन में होने वाला था, जहाँ तीन शूट होने वाले थे। शूट के एक दिन पहले सबको लोकेशन में जाना था।

रणवीर के जीवन का पहला शूट था और वो अंदर से बहुत नर्वस लग रहा था। पहले उसका सोलो एड शूट किया जाना था, लेकिन उसकी हालत को देखकर पहले ग्रुप शूट करने का फैसला लिया गया। शूट का पहला टेक रणवीर के मुह से कुछ निकल ही रहा था। इसी तरह लगातार दस टेक होने चले लेकिन रणवीर लगातार नर्वस हो रहा था। जिसके कारण वह हतोत्साहित हो रहा था। निर्देशक साहब मे सभी को पंद्रह मिनट के ब्रेक दिया और रणवीर के पास जाकर बोले।

निर्देशक- क्या हुआ यंग मैन?

रणवीर- कुछ नहीं सर, जब भी कुछ बोलने की कोशिश करता हूँ तो जैसे जुबान में ताला लग जाता है। और मन में कुछ गलत डायलॉग का डर बना रहता है।

निर्देशक- ऐसा कॉमन है, तुम बिल्कुल मत सोचो कि यहाँ कोई तुम्हे देख रहा है और जो डायलॉग है बोल दो। अगर कुछ गलत बोलोगे तो रीटेक है न। टेंशन मत लो, बिंदास बोलो।

रणवीर- थियेटर मे तो इतने लोगो के सामने डर नहीं लगता, लेकिन यहा कोई नहीं

है फिर भी इतना डर।

निर्देशक- यंग मैन, ये कैमरा है न, खुद में लाखो को समेट के रखता है। और तुम्हारे मन को पता है कि एड के बाद करोडो लोग इसे देखने वाले है, इसलिये डर रहे हो। डरो मत कुछ नहीं होगा।

निर्देशक- चलो...... चलो एवरीबडी बैक टू वर्क।

निर्देशक साहब की बात सुनकर जैसे रणवीर का उत्साह फिर लौट आया, हालाकि दो – तीन रीटेक लगे लेकिन उसका शूट बहुत अच्छा हुआ। अगले दिन एक ग्रुप और एक सोलो शूट होने वाले थे। तो रात को सबने घूमने और पार्टी करने का प्लान किया। रात को निर्देशक ने कही से शराब का जुगाड लगाया (गुजरात में शराब की बिक्री बैन है)। सभी ने शराब पी, लेकिन रणवीर ने शराब पीने से इंकार कर दिया।

रात को 12 बजे लौटते समय एक स्कूटी सवार महिला ने गलत साइड से गाडी टर्न की, जिससे गाडी से टक्कर हो गई। जिससे महिला को स्कूटी सहित गिर गई और उसे कुछ चोटे भी आई। महिला ने वही बवाल मचा दिया और जोर-जोर से हल्ला करने लगी और पुलिस को फोन लगा दिया। रणवीर ने मौके को देखते ही चालक सीट से निर्देशक साहब को हटाकर खुद बैठ गया। पुलिस के आते ही बात बढने लगी, पुलिस सभी को पुलिस स्टेशन ले गई। रणवीर ने पुलिस को बताया कि महिला ने गलत साइड से टर्न किया, जिसके कारण टक्कर हुई। पुलिस ने वहाँ स्थित ट्रैफिक कैमरा की फुटेज निकलवाई तो पुलिस में महिला को वापस भेज दिया। लेकिन निर्देशक साहब ने महिला को गाडी की मरम्मत और इलाज के लिये कुछ पैसे भी दिये।

रणवीर- तो साहब हम लोग चले।

पुलिस- कहाँ जाओगे? एक्सीडेंट केस को सॉल्व हो गया, लेकिन जो तुम लोगो ने इतनी शराब पी रखी है, इसका क्या? पता नहीं गुजरात में शराब बैन है।

रणवीर- सॉरी सर, गलती हो गई।

पुलिस- शराब कहाँ मिली?

रणवीर- सर, बस ऐसे ही आज पार्टी करने का मूड था, तो बस कही से मिल गई।

पुलिस- बहुत होशियारी सूझ रही। कहाँ से आये हो, क्या करते हो आई डी दिखाओ।

रणवीर- सर हम लोग मुम्बई से आये है, यही हमारा एड शूट है, तो बस वही आये थे।

रणवीर- सर चाय पियेंगे।

पुलिस- चलो पीके आते है।

रणवीर और पुलिस अधिकारी चाय पीने गये और लौटकर सभी को घर जाने के लिये बोला।

अगले दिन शूट पूरा करके सभी मुम्बई के लिये निकल गये। अब एक एड की शूटिंग मुम्बई में होनी थी। इस बार वह आत्मविश्वास से भरा अच्छा शॉट दिया। एड फिल्म देखकर रिया और अविनाश काफी इम्प्रेस हुये। एड रिलीज होने पर रणवीर को अच्छा रिस्पॉंस मिला और कई निर्देशको और एड शूट कम्पनी के फोन भी आने लगे। जिसके बाद उसने कई एड फिल्मे भी शूट की।

अब रणवीर एड फिल्म की दुनिया मे जाना पहचाना नाम बन गया। लेकिन उसकी मंज़िल तो कही और ही थी, इसलिये वह अब टीवी सीरियल और फिल्मी दुनिया में भी हाथ आजमाने लगा। काफी समय बीत गये लेकिन वह मंज़िल की ओर एक कदम भी नहीं ले पाया। हालांकि उसका जीवन पहले की अपेक्षा अब पटरी में लौटने लगी थी, लेकिन फिर भी वह अपनी नाकामयाबियो से परेशान था। वह दिन रात अपने आप को धिक्कारता और बस अगले मौके के तलाश में इधर-उधर हाथ पैर मारता। अब उसकी इस हालत ने एड फिल्म के काम में भी असर पडने लगा था। दो-तीन एड फिल्म उसके हाथ में आने के बाद भी चले गये। लेकिन उसने अभी हार नहीं मानी थी।

अब वह और अधिक मेहनत करने लगा, लगातार आठ-आठ घंटे प्रैक्टिस करता। इस तरह दो महीने से अधिक होने चले। अब उसने एक टीवी सीरियल मे लीड रोल के ऑडीशन दिया और उसका चयन हो गया। अब वह दिन भर बिज़ी रहने लगा, बंगले में जैसे वह एक मेहमान की तरह हो गया। जिससे बंगले की हालत खराब होने लगा, हर तरफ गंदगी, कोई ध्यान रखने वाला नहीं। तब राणा साहब ने भी रणवीर को डांट लगाई, जिसके बाद उसने बंगला छोड दिया और नया घर किराये पर ले लिया।

नये घर में उसका मन ही नही लग रहा था, इसलिये वह सारा सारा दिन सेट पर ही रहता था। उसका शो अच्छा हिट हो रहा था। जिससे उसकी अच्छी खासी कमाई होने लगी। अब शो में एक हफ्ते उसका शूट नहीं था, जिससे उसने कानपुर जाने का निर्णय लिया। घर मे पापा की तबियत काफी खराब थी या कह लो कि इलाज़ के सहारे जीवन की गाडी आगे बढ रही थी। अब वह काफी प्रसिद्ध हो गया था, उसके घर के पास लोगो की भीड लगी रहती थी। कभी ऑटोग्राफ तो कभी फोटोग्राफ वाले लाइन लगाये रहते थे। देखते ही देखते एक हफ्ते बीत गये, अब उसका मुम्बई लौटने का समय हो चला। लेकिन दस सालो मे पहली बार उसे मुम्बई जाने की इच्छा नहीं हो रही थी।

मुम्बई आने पर सबसे पहले बड़ापाव वाले चचा के पास गया, तो देखा कि आज उनकी दुकान नहीं लगी थी। आस पास पता किया, तो जानकारी मिली कि दो महिने पहले एक कार के एक्सीडेंट में उनकी मृत्यु हो गई। उसको ऐसे झटका लगा, जैसे पैर तले जमीन ही निकल गई हो। उसका मन बेचैन था, किसी तरह वह अपने रूम मे पहुचा। आज वह बहुत दुखी था और अकेले मे आज वह जी भर के रोना चाहता था। लेकिन उसके आंसुओ ने भी उसे धोखा दे दिया।

अगले दिन सुबह जल्दी ही वह सेट पर पहुच गया और रोल की प्रैक्टिस करने लगा। धीरे-धीरे सभी स्टाफ सेट पर आने लगे और फिर काम मे व्यस्त हो गया। सेट पर आज उसका लुक उसके एक्ट से मेल नहीं खा रहा था। कई टेक हो गये लेकिन परफेक्ट शॉट के लिये निर्देशक बार-बार टेक ले रहे थे। जब शॉट सही नही मिले, तो दस मिनट का ब्रेक ले लिया। ब्रेक के दौरान निर्देशक रणवीर के पास आकर बोले, क्या हुआ आज टेंशन में लग रहे हो।

रणवीर- हाँ सर, पापा की तबियत बहुत खराब है और एक पहचान के चचा थे, तो कल पता चला कि दो महिने पहले उनका भी स्वर्गवास हो गया।

निर्देशक- देखो रणवीर, ये किस्मत भी बहुत कुती चीज़ होती है। हमको जिस अनुपात मे खुशियां देती है, उसी अनुपात में गम भी देती है। लेकिन ये जिंदगी ये ऐसे ही चली है और चलती रहेगी। किसी के आने जाने से इसे कोई फर्क नहीं पडता।

रणवीर- जी सर।

निर्देशक- वैसे भी तुम्हारा पहला सीरियल है, तुम्हे तो बहुत आगे जाना है। लेकिन ये फिल्मी दुनिया बहुत कमीनी है। आपके जीवन मे क्या चल रहा, इसे कुछ फर्क ही नहीं पडता। ये केवल परफेक्ट चाहती है। कोई समस्या हो तो बताओ।

रणवीर- सर, वास्तव में मेरा कुछ मूड खराब है और ये सीन शादी का है और खुशियो भरा एक्सप्रेशन देना है, तो कुछ देर आप मेरे बिना शूट कर ले, थोडा मै रेस्ट कर लू।

निर्देशक- ओके, नो प्रॉब्लेम, यू कैन रेस्ट फॉर सम टाइम।

रणवीर- थैंक यू, सर।

कुछ देर के आराम के बाद वह फिर से शूट मे पहुचा और अब वो टेंशन फ्री लग रहा था, उसने एक से बढकर एक अच्छे सीन दिये। देर रात शूट खत्म हो गया। इस तरह सीरियल लाइन मे उसे सालभर होने लगे, अब वह जाना माना एक्टर बन गया। कई छोटे विवादो मे भी उसका नाम शामिल रहा। अब वह भी दोहरी जिंदगी जीना सीख गया था, घर मे पापा के तबियत की टेंशन तो सेट मे रोल की एक्टिंग।

लेकिन वह अभी भी रुका नहीं था, वह फिल्मो के लिये भी ऑडिशन देता रहता। उसे एक दो फिल्मो मे छोटे-मोटे रोल का मौका मिला, लेकिन उसने इंकार कर दिया। उसका मानना था, कि एक बार छोटे एक्टर का थप्पा लग गया। तो कभी बडा काम नहीं मिलेगा। इस तरह वह कई फिल्मो मे अपना हाथ आजमाता रहा और साथ मे अपना काम जारी रखा।

बडी मसक्कत के बाद उसे एक फिल्म में लीड रोल का मौका मिल गया, वह बहुत खुश था। वह मिठाई लेकर सेट पर पहुंचा, सभी को मिठाइया खिलाई। जब वह मिठाई लेकर निर्देशक के पास गया, तभी उसे उनकी सुख दुःख के अनुपात वाली बात याद आई। जैसे उसका मन ही बैठ गया, वैसे भी उसकी जिंदगी में सुख और दुःख बारी-बारी से अपनी उपस्थिति दर्ज कराते रहते।

9

अंतिम सफर

रणवीर को फिल्म मिलने की खबर जंगल में आग की तरह फैल गई। घर मे दोस्तो और शुभचिंतको की लाइन लग गई, लेकिन रणवीर के मन मे कुछ और ही ख्याल पक रहा था। उसके मन को यही बात खाये जा रही थी, कि अब आगे क्या होगा? इस खुशी के बदले अब जीवन में कौन सा गम आने वाला है। वह अपने काम मे दिनभर बिजी रहता, उसके शो की लोकप्रियता दिनो-दिन बढती जा रही थी। लेकिन उसका मन शांत होने का नाम नहीं ले रहा था। वह रोज मंदिर जाने लगा, भगवान से सब कि सलामती की दुआ करने लगा और इसी तरह दिन कटने लगे।

इस बात को छह महिने से अधिक बीत चुके थे और उसकी फिल्म की शूटिंग भी शुरु हो चुकी थी। लेकिन उसका मन अभी भी उसी बात पर बेचैन था। एक दिन रणवीर को मां का फोन आया, मां ने उसे पापा की तबियत और बिगड जाने की तथा अपने साथ मुम्बई ले जाने की बात कही। यह बात सुनकर उसकी आशंका को बल मिल गया और उसे पिता के चले जाने का डर सताने लगा। वह जल्दी ही पापा को मुम्बई इलाज कराने ले आया। अब वह अपने डर के आधार पर पिता की सलामती के लिये मंदिर, मस्जिद, झाड-फूंक सब जगह चक्कर मारने लगा।

कुछ दिनो बाद उसकी पहली फिल्म दिल, दिलरुबा और दोस्ती रिलीज हुई, जो एक लव थ्रिलर फिल्म थी। जिसे दर्शको ने खूब सराहा, इसके बाद उसे 2-3 और फिल्मो के असाइनमेंट मिले। इसके बाद उसने पीछे मुड के नही देखा और अपने अभिनय का लोहा फिल्म जगत मे मनवाने लगा। इधर उसके पिता की हालत मे भी काफी सुधार हुआ। वह अपने काम मे मसगूल जैसे उसे दुनिया से कोई लेना देना ही न रहा। लेकिन उसकी तकदीर उसे ऐसे कैसे छोड देती।

इस बार तकदीर ने दोगुनी खुशी के बदले उस पर दोतरफा प्रहार किया, जो उसके जीवन मे पहली फिल्म की हिरोइन रिदिमा और वसीम भाई के रूप मे आया। फिल्म के दौरान उसके और रिदिमा के लव केमिस्ट्री का चर्चा बहुत पॉपुलर हुआ था। फिल्म तो काफी सफल रही, लेकिन रिदिमा को खास प्रतिक्रिया नहीं मिला। जिसके बाद उसने रणवीर के ऊपर काम दिलाने का दबाव बनाने लगी और डिप्रेशन मे ड्रग्स लेने लगी। रणवीर की किस्मत ने फिर से पलटी मारी और बडी मुश्किल से वह ड्रग्स से छुटकारा पाया था, लेकिन रिदिमा के कारण फिर से ड्रग्स के दलदल मे जाना पडा।

अब जब तालाब मे नहाना है, तो मगरमच्छ से कब तक बचा जा सकता है। जिस कारण उसकी जिंदगी मे फिर से वसीम भाई की एंट्री हुई। कुछ दिन पहले ही मुम्बई नार्कोटिक्स पुलिस के छापे मे वसीम के करोडो की ड्रग्स की खेप जब्त हो गई और पुलिस की गोली से रघु की मौत हो गई थी। वसीम भी रणवीर की सफलता के बारे मे जानता था, उसने अपने नुक्सान को पाटने का जरिया रणवीर को बनाया। वह रणवीर को पुलिस को सब कुछ बताने और उसके ड्रग पेडलर होने की बात और जूहू केस मे उसका हाथ होने की बात को लेकर ब्लैकमेल करने लगा। उसके पास रणवीर की कुछ पुरानी फोटोग्राफ भी थी, जो रणवीर का कैरियर चौपट करने के लिये और जेल भेजने के लिये पर्याप्त थे।

रणवीर, रिदिमा को हालत को लेकर तनाव मे था ही और ऊपर से वसीम नाम का भूत। वसीम ने उससे दो करोड की फिरौती मांगी, जो उस समय रणवीर के लिये बहुत बडी रकम नहीं थी। इसी बीच रणवीर की दो और फिल्मो ने धमाल मचाई थी, जिसके बाद उसके पास जैसे काम की बाढ सी आ गई थी, जिससे कारण वह बिजी रहता था। लेकिन वसीम उसका पीछा छोड़ने के लिये राजी ही नहीं था और उसके खिलाफ वह पुलिस में भी नहीं जा सकता था। अब उसे एक विश्वास पात्र दोस्त की याद आई, जिससे उसे सही मदद मिलने की उम्मीद थी। रणवीर उससे मिलने घर गया और घंटी बजाई।

रिया- ओहो! व्हाट अ सरप्राइज। गाडी-वाडी पंचर हो गई क्या, या पेट्रोल खत्म हो गया।

रणवीर- अरे! छोडो। अंदर बुलाओगी भी, कि बाहर से ही चला जाऊ।

रिया- ओके कम, सुपरस्टार जी।

रणवीर- कैसी हो, तुम तो बिल्कुल टिपिकल मॉम लगने लगी।

रिया- हाँ यार! बच्चो को सम्भालना आसान नहीं है।

रिया- कैसे आना हुआ?

रणवीर- कुछ मदद चाहिये थी।

उसने रिया को अपने और वसीम का भूतकाल और वर्तमान की सारी बातें बता दी। रिया भी सुनकर हैरान हो गई।

रिया- मतलब, तुमने हमारे पेन्ट हाउस मे ये सब भी किया है। आर यू आउट ऑफ योर माइंड। डैड को बताऊं क्या?

रणवीर- नहीं यार, इससे अच्छा तो पुलिस के हवाले ही कर दो।

कुछ देर दोनो शांत बैठे रहे।

रणवीर- यार, कुछ तो मदद करो। क्या मै वसीम को फिरौती दे दूं।

रिया- इसमे क्या गारंटी है, कि एक बार वो पैसा पाकर दोबारा ब्लैकमेल नहीं करेगा।

रणवीर- यही तो प्रॉब्लम है, सांप के हाथ मे खुद ही हाथ डालने जैसा है।

रिया- मै अविनाश से बात करती हूँ, देखते है क्या हो सकता है?

रिया से मिले हुये एक हफ्ते से अधिक हो गये, लेकिन अभी तक उसका फोन नहीं आया। रणवीर को अगली फिल्म की शूटिंग के लिये एक महिने के लिये आस्ट्रेलिया जाना था, इसलिये उसने रिया को फोन किया।

रणवीर- क्या हुआ रिया, तुमने कुछ बताया कि नहीं।

रिया- नहीं यार, मेरी उनसे बात नहीं तो पाई, वो पांच दिन से बिजनेस के सिलसिले में लंडन गये है।

रणवीर- मैं कल फिल्म शूट के काम से आस्ट्रेलिया जा रहा हूँ, कुछ होगा तो कॉल करना।

रिया- ओके! हैप्पी जर्नी, बाय।

रणवीर शूटिंग के लिये आस्ट्रेलिया चला गया, लेकिन वहाँ भी भूत ने पीछा नहीं छोड़ा। वहाँ भी वसीम के रोज़ फोन आते रहते। अभी उसको शूट पर गये दस दिन ही हुये थे, कि एक और बुरी खबर उसके पास पहुंची। रिदिमा को डिप्रेशन और हाई ड्रग्स लेने के कारण अस्पताल मे भर्ती कराया गया है, जहाँ उसकी हालत काफी नाजुक थी। वह अपना शूट शेड्यूल खत्म करके इण्डिया के लिये चला, फ्लाइट में ही उसे पापा के इंतकाल की खबर मिली। जिससे वह परिवार के साथ सीधे कानपुर के लिये निकल गया। इसी बीच उसने वसीम से छुटकारा पाने के लिये डेढ करोड की फिरौती दी। जिसके बाद वसीम ने कुछ दिनो के लिये पीछा छोड़ दिया।

मुम्बई लौटने के बाद वह अगली फिल्म की शूटिंग मे व्यस्त हो गया, लेकिन पापा की मौत उसके लिये असहन योग्य थी। उसको लगने लगा कि उसे पहले से पता होने के बावजूद उसने लापरवाही की, जिसके कारण पापा की मौत हो

गई। इधर रिदिमा की हालत मे काफी सुधार होने लगा, रणवीर ने उसे रीहैब सेंटर मे भेज दिया। रणवीर की एक और फिल्म रिलीज हुई। फिल्म को क्रिटिक्स की सकारात्मक रेटिंग के बावजूद उसकी फिल्म बुरी तरह पिट गई। जिसके बाद उसकी एक और फिल्म फ्लॉप हो गई। जिसके बाद वह तनाव में रहने लगा, हालांकि इसके बाद उसकी फिल्म जिसकी शूटिंग आस्ट्रेलिया में हुई थी, सुपरहिट हुई।

रणवीर अपने पिता की मौत और फिल्मो की असफलता से उबर नहीं पा रहा था। रिदिमा भी रीहैब सेंटर से भाग निकली और अपने इस हालत का जिम्मेदार उसको बताया, जिसके बाद उसकी मीडिया मे बहुत बदनामी हुई और कुछ फिल्मे भी हाथ से निकल गई। जिस कारण साल भर से वह डिप्रेशन में था। जिसके लिये मानसिक इलाज लेने लगा। वसीम ने फिर से रणवीर को ब्लैकमेल करना शुरु कर दिया। रणवीर ने इन सब से बचने के लिये बहुत प्रयास किया, महिनो यात्रा पर निकल जाता, तो कभी ब्रेक लेकर कानपुर आ जाता। लेकिन ये सब प्रयास बेकार रहे।

अंततः न चाहते हुये भी उसने ड्रग्स लेना शुरु कर दिया। उसकी फिल्मे बॉक्स ऑफिस नये मुकाम हासिल कर रही थी, लेकिन असल जीवन मे सब कुछ खोने लगा था। पिता की मौत का जिम्मेदार, मीडिया की बदनामी, वसीम का तनाव और पुलिस एवं जेल जाने का डर जैसे अंदर ही अंदर उसे खाये जा रहे थे। उसने इन सबसे बचने के लिये नशे का सहारा लिया। वह दिन भर नशे मे धुत रहने लगे। न समय पर शूट पर जाता और न ही लोगो से अच्छे से व्यवहार करता था। जिससे उसके कुछ हितकर व्यक्ति भी उससे दूरियां बनाने लगे। जो उसे और ज्यादा परेशान करने लगा।

एक रात रणवीर नशे में धुत अपने फ्लैट मे आया और सो गया। अगले दिन सुबह बारह बज चुके थे, उसकी फिल्म का शूट सुबह आठ बजे से था। सुबह से फोन और मोबाइल की घंटियो ने बजना बंद नहीं किया था, ऐसा लग रहा था जैसे ये घण्टियां आखिरी बार बज रही हो। लगभग दो बजे उसका मैनेजर उसे ढूंढते हुये उसके फ्लैट मे पहुंचा। पडोसियो ने बताया, कि सुबह से फोन की घंटिया बज रही है और रणवीर है कि नशे मे धुत होकर पडा रहता है। मैनेजर फ्लैट मे गया, फोन की घंटी बज रही थी। उसने देखा कि इन फोन की घंटियो को चुप करने ही आज चुप हो गया था।

यह खबर सुनकर सारा फिल्म जगत चकित था, सभी अभिनायको ने अपनी-अपनी प्रतिक्रियाये दी। आज भारत माता मे अपने एक होनहार बेटे को खो दिया।

धरती का चांद

10

धरती का चांद

एक बार मैं यानी राजू अपनी छुट्टिया मनाने बिलासपुर (छत्तीसगढ) से लौट कर कटनी आ रहा था। हमेशा कि तरह मैंने बिलासपुर-रीवा पैसेंजर में जनरल के डिब्बे में सफर कर रहा था। आज भी बोगी भीड से खचाखच भरी हुई थी, चूंकि ट्रेन बिलासपुर से ही शुरु होती है, इसलिये मुझे आसानी से सीट मिल गई। मैं ऊपर वाली सीट पर बैग रखकर नीचे खिडकी के किनारे वाली सीट मे जा बैठ गया।

वैसे मैं पहले स्वयं से परिचय कराता हूँ मेरा नाम राजीव कुमार पाण्डेय उर्फ राजू, जिला सागर मध्यप्रदेश का रहने वाला हूँ। लेकिन हाल में मेरा परिवार कटनी में निवास करता है। मेरे परिवार में पापा रामराज पाण्डेय, माता शकुंतला और बडी बहन रोशनी है। जिसका विवाह कटनी में ही घर से कुछ दूरी पर एक माह बाद होनी है।

मैं व्यक्तित्व से बहुत ही बातूनी हूँ और मुझे नये नये लोगो से मिलना तथा लोगो के रहन सहन, दिनचर्या और क्रियाकलापो के बारे में जानना बहुत अच्छा लगता है। यही कारण है कि मैं आरक्षित सीटो की अपेक्षा सामान्य डिब्बे मे सफर करना पसंद करता हूँ, क्योकि यहा लोगो से बाते करना तथा पूछना आसान होता है। जिससे मुझे विभिन्न क्षेत्रो एवं रीति रिवाजो के बारे मे जानकारी मिलती है और आसानी से मेरा सफर भी कट जाता है।

उस दिन ट्रेन में कुछ ज्यादा ही भीड थी, लोग ऊपर वाली सीटों में भी ठसाठस बैठे हुये थे तथा काफी लोग खडे थे। अत: मैने अपना बैग नीचे उतार लिया और नीचे ही बैठना उचित समझा। वैसे ही मार्च की रात मे फागुनी हवा कुछ ज्यादा ही सुहावनी लग रही थी। फिर मेरे समीप बैठे एक सवारी ने मुझसे ताश खेलने की पेशकश की, जिसके बाद वही के कुछ सवारियों के साथ ताश खेलने लगा। तभी

सभी का आपस मे परिचय होने लगा।

उनमें से एक का नाम संजीव लगभग उम्र 35 वर्ष का तथा दूसरा गोलू और एक बुजुर्ग रामगरीब थे। हम लोगो मे दहला पकड का खेल शुरू हो गया। बातो हो बातो मे पता चला कि रामगरीब जी अनूपपुर जिले के एक गोंड आदिवासी समाज के थे, जो शहडोल के पास किसी गांव में अपने बेटे के ससुराल जा रहे थे। खेल जारी रहा और हंसी-मजाक में रात के दस बज रहे थे, ट्रेन आज कुछ लेट चल रही थी और अचानक ही ट्रेन मे ब्रेक लगा। पता चला कि ट्रेन को सिग्नल न मिल पाने के कारण किसी छोटे स्टेशन मे ही गाडी रोक दी। ऐसा तो सामान्यत: होता ही रहता है, इसलिये किसी को कुछ फर्क नही पडा। लेकिन गाडी को अब रुके हुये करीब आधा घंटा होने चला था ।

समय बीतने के साथ ही मेरे पेट मे चूहे कूदने लगे, अब मुझसे सहा नहीं जा रहा था, इसलिये स्टेशन पर ही उतर गया और इधर उधर टहलने लगा । पांच मिनट बाद जब ट्रेन के न चलने को लेकर मन आस्वस्त हो गया, तो स्टेशन बिल्डिंग की ओर बढ चला। कुछ दूरी पर मुझे एक बच्चा दिखाई दिया, जो बार- बार लोगो के पास जाता और शायद कुछ मांग रहा था, लेकिन बार-बार उसे निराशा ही हाथ लग रही थी। कुछ समय बाद मैने गौर किया कि वह हर व्यक्ति के पास न जाकर कुछ विशेष लोगो से ही मांग रहा है। तब तक ट्रेन के लगभग आधे पुरुष यात्री स्टेशन पर आ चुके थे और कुछ महिला सवारी थी। वह लडका बारी-बारी से चुनाव करता हुआ लोगो के पास जाता और वापस लौट आता था।

उस लडके के इस कार्य से मेरे मन जिज्ञासा ने जन्म लिया और मै करीब 25 मीटर की दूरी से ही देखने लगा। फिर मैने गौर किया कि वह सबके पास जा रहा है और उसने मुझे भी देखा लेकिन मेरे पास नहीं आया। तब मैने आगे बढकर उससे पूछा- ऐ छोटू! ये क्या कर रहे हो? उसने सीधे पलटकर जवाब दिया- तो से मतलब। मैं झिझक गया, लेकिन फिर उसे रोककर पूछा- छोटू का करत हो? उसने फिर जवाब दिया- मेरा नाम छोटू-वोटू नही, मेरा नाम सम्पत है, सम्पत। अच्छा सम्पत तुम कर क्या रहे हो, सबसे क्या मांग रहे हो?

सम्पत- मैं कुछ मांग नहीं रहा हूँ, लोगो से जूते पालिश कराने के लिये पूछ रहा हूँ। तब मैं समझा कि वो (सम्पत) मेरे पास क्यू नहीं आ रहा था। फिर मैने पूछा- कि तुम्हारा पॉलिश का सामान कहाँ है और इतनी रात को यह काम क्यू कर रहे हो?

सम्पत- साहब! ये जो स्टेशन मास्टर है न हमको दिन मे कामइच नही करने देता और एक बार तो मेरा समान भी उठा लिया और दियाइच नहीं। इसलिये मैं छुपाकर रखता हूँ, जिससे ये फिर से मेरा समान न ले ले। जवाब देकर हंसने लगा और

बोला- अच्छा चूतियां बनाता हूँ इसको।

हंसी सुनकर मैं आश्चर्य में पड गया कि लगभग 10-11 साल का बच्चा जिसे पढाई की उम्र में ये काम करना पड रहा है। खाने का कुछ खबर नहीं, फिर भी इतना खिलखिलाकर हंस कैसे रहा है। "शायद जिंदगी सब कुछ सिखा देती है।"

मैं- सम्पत! खाना खायेगा।

सम्पत- मैने तो खा लिया है।

मैं- क्या खाया?

सम्पत- वही मॉं ने दोपहर को रोटी बनाई थी, तो दाल रोटी खा के आया हूँ।

मैं आश्चर्य में पड गया। कितने बजे खाया है?

सम्पत- शाम को पांच बजे।

मैं- तो अब तो भूख लग रही होगी।

सम्पत- नहीं तो।

मैं सोचने लगा कि अभी मैने सात बजे समोसे खाये है और मुझे भूख लगने लगी, जबकि इसने तो पांच बजे यानि दो घंटे पहले।

मैं-सम्पत! बाहर कुछ खाने को मिलेगा।

उसने सोचा, फिर बोला- अभी तो मुश्किल है, लेकिन आगे ठेले में अगर बचा होगा तो मिल सकता है। फिर वो काम मे लग गया। इस बार उसे एक ग्राहक मिल गया, उसने पॉलिश किया।

मैं- सम्पत।

हाँ बोलो।

चलो मुझे ठेला तक ले चलोगे क्या?

सम्पत- क्या साहब, अभी काम वखत है, आप भी परेशान कर रहे हो। खुद ही चले जाओ। यही पास ही तो है, स्टेशन के बाहर आगे से लेफ्ट।

फिर वो काम पर लग गया- जूता पालिश, जूता पालिश।

मैं- सम्पत! अच्छा बताओ, तुमने आज कितना कमाया?

सम्पत- आज धंधा ठीक था, तो पचास रुपये मिल गये। नहीं तो ज्यादा ट्रेन रुकती नहीं है। साहब! तुम जाओ नहीं तो ठेला चला जायेगा।

मैं- प्लीज, सम्पत चलो न मेरे साथ।

सम्पत- चलो, मै चलता हूँ।

कुछ बडबडाते हुये वो मेरे साथ चलने लगा। पास ही ठेला खडा था।

मैं- भैया! क्या मिलेगा?

ठेलावाला- अब तो बस समोसा और फुल्की बची है। (फुल्की अर्थात गोलगप्पे)

मैं- भैया, दो जगह समोसे लगाना।

तभी सम्पत तपाक से बोला। साहब! मैंने बोला न मुझे भूख नहीं है।

मैं- तो तुम क्या खाओगे, मुझे अकेले खाना अच्छा नहीं लगता। और अब से मुझे राजू भैया बोलना, साहब नहीं।

सम्पत-चलो ठीक है, मैं फुल्की खा लेता हूँ। फुल्की तो खिलइयो।

फिर हम अपना-अपना खाने लगे। तभी ट्रेन ने हॉर्न दिया, जैसे मैं तो ट्रेन के बारे में भूल ही गया था। जल्दी से ठेलेवाले को पैसे देकर भागने लगा और जब स्टेशन पहुंचा, ट्रेन नौ-दो ग्यारह हो चुकी थी। मैं फिर भी ज्यादा परेशान नहीं था। पता नहीं क्यूं? शायद इसलिये कि बैग में केवल चंद जोडी कपडे बस थे, जबकि मेरा मोबाइल और सारे पैसे मेरे पास ही थे। या तो फिर मेरे परेशां न होने की वजह सम्पत, मेरे साथ था। जो मेरे लिये काफी दुखी था और बोला- साहब! लो आपकी ट्रेन भी छूट गई, इस फुल्की की वजह से।

मैंने उसे घूर के देखा, तो बोला- सॉरी राजू भैया। अब ठीक है न।

सम्पत- फिर अब क्या करेंगे।

मैं-देखता हूँ, शायद रुकने की कोई जगह मिल जाये या स्टेशन में ही रुक जाता हूँ।

सम्पत- नहीं, स्टेशन में नहीं, चलो तुम मेरे घर चलो।

मैं- नहीं, तुम लोगो को परेशानी क्यूं दू, मैं मैनेज कर लूंगा।

सम्पत- वाह, अभी भाई बनाकर खाना खिलाया और अभी ही।

मैं आगे कुछ बोल ही नहीं पाया। सो मैं उसके साथ घर की ओर चल पडा। रास्ते मे उसके घरवालों के बारे मे पूछा।

सम्पत- मैं,मेरी माँ और संध्या।

मैं- स्कूल जाते हो?

सम्पत- पहले जाता था, लेकिन पापा के बाद सब काम मुझे करना पडता है, तो बंद कर दिया।

मैं- क्या हुआ पापा को?

सम्पत- कुछ नहीं, ठंड बहुत थी और उस दिन कुछ खाया भी नहीं । सुबह देखा तो मर गया।

मैं सोचने लगा कि आज भी लोग भूख और ठंड से अकाल ही मर जाते है और हम लोग जरा सी ठंड में हीटर ढूढने लगते है।

तभी घर आ गया और सम्पत दौडते हुये, देखो मम्मी, कौन आया है?

माँ- कौन आया है, बेटा?

सम्पत- ये राजू भैया है, इनकी ट्रेन छूट गई थी, तो मैं अपने घर ले आया।

सम्पत की मॉ थोड़ा परेशान सी दिख रही थी। शायद सोच रही थी, कि छोटे से घर में कहाँ सुलाऊंगी या कैसे व्यवस्था होगी। तभी मैं बोला- आप परेशान न होइये, मैं कहीन जगह ढूंढ लेता हूँ।

मॉ- ऐसी बात नहीं है, आओ बेटा अंदर आओ।

हम अंदर गये। सम्पत का घर दो कमरे का कच्चा मकान था, जिसमे जगह से ज्यादा सामान भरा हुआ था। सो मॉ ने मुझे बैठने के लिये जगह दी और हाल चाल पूछने लगी। फिर मुझे काली चाय पिलाई जो मैंने शायद पहली बार पी थी, लेकिन उसका स्वाद असीमित था। खाना खा के हम लोग सोने के चल दिये।

मैं और सम्पत अंदर के कमरे में गये, जहाँ केवल दो लोगो के सोने की जगह ही बची थी। लेकिन थकान के कारण कब नींद आ गई पता ही नहीं चला।

सुबह मेरी नींद करीब आठ बजे खुली तो देखा सम्पत बाहर अपने दोस्तो के साथ खेल रहा था। मॉ ने मुझे मुह-हाथ धोने के लिये कहा। मैं स्टेशन में बने शौचालय से फ्रेश होकर आया। तो मॉ ने पूछा- बेटा, चाय बना दूं, मैंने हा मे जवाब दिया। मॉ दूध गर्म करने लगी, मैंने तुरंत बोला- काली चाय। चाय पिलाकर मॉ खाना बनाने लगी।

अभी तक तो मैं घर और बहन की शादी की बाते जैसे भूल ही गया था, मुझे किसी प्रकार का टेंशन ही नहीं था। मैने घर में फोन लगाकर बात की और रात की घटना के बारे मे बताया। कुछ ही समय में मॉ ने खाना के लिये कहा।

खाने में चावल, आलू-टमाटर की सब्जी और पूड़ी थी। शायद कल के पैसे से ही दूध और सब्जी लेकर आई थी। लगभग 11 बजे खाना खाकर मैं और सम्पत गांव घूमने गये। गांव में हम लोग मंदिर, तालाब, विद्यालय, बाज़ार आदि स्थान घूमने गये। पता चला कि 2 बजे एक ट्रेन स्टेशन आने वाली है, जिससे मै अपने घर की ओर जा सकता हूँ।

अत: मैं 1 बजे मॉ से इजाजत लेकर स्टेशन के लिये सम्पत के साथ निकला। लेकिन न जाने मेरे मन में कौन सी बेचैनी पनप रही थी। सम्पत ने बताया कि वह सुबह गांव के ही होटल में काम पर जाता है, लेकिन आज वह काम पर नहीं गया। मैं सोच ही रहा था, कि अचानक मैने सम्पत को साथ चलने के कह दिया और साथ रहने और पढाई करने के लिये कहा।

सम्पत- मम्मी और संध्या को छोड़कर कहीं नहीं जाऊंगा। मैं कुछ बोल नहीं पाया।

ट्रेन के आने का समय हो चला था। मैंने पर्स से कुछ पैसे निकाले और उसे देने लगा। उसने लेने से साफ इंकार कर दिया और बोला- भैया! आप से थोड़े ही पैसे

लूंगा। आपका तो मैने पालिश भी नहीं किया।

मैं- अरे! रख लो भैया की तरफ से।

सम्पत- मैं काम के अलावा कोई पैसे नहीं लेता।

ये सुनकर मैं फिर सोचने लगा कि पढाई हमने की है या इसने। हम पैसे मिलने की लालच में रिश्तेदारो के घर घूमने जाते थे।

शायद "जिंदगी से बडा शिक्षक कोई नहीं होता"।

तभी ट्रेन के हॉर्न बजने की आवाज़ आई और ट्रेन आ गई। मैं सम्पत को गले लगाकर चलने लगा और बाय का इशारा किया। उसने भी हंस के टाटा किया। उसका मुस्कुराते चेहरे में गज़ब की खुशी दिखी, जो कि सारे गमों और परेशानियों को भुलाकर जीवन के हर पल का आनंद लेने की सीख देती है। उसके चेहरे की चमक मुझे चमकते चांद की तरह लगी, जो अमावस की काली रातों में भले ही अपने अस्तित्व के लिये संघर्ष करता है, लेकिन पूनम में पूरे जोर-शोर से चमकता है।

तभी ट्रेन चल दी और मैं उसकी ओर देखता रह गया।

ईमान की मिठाई

11

ईमान की मिठाई

भोपाल के पास रातीबड नामक स्थान मे शेखू कुम्हार निवास करता था। जिसके परिवार मे पत्नी सरोज, बेटा संजू और बेटी रंजीता थे। शेखू का परिवार अत्यंत गरीब था, जिसके पास खेती की भूमि भी नहीं थी। शेखू अपने पिता के समय से ही पारिवारिक व्यापार मिट्टी के बर्तन आदि बनाकर जीवनयापन करता था। शेखू व्यक्तित्व से बहुत ही ईमानदार है, जिसके ईमानदारी को सारा गांव जानता था।

इसी वर्ष रंजीता चार साल की हो चली थी, उसका भी दाखिला पास के निजी विद्यालय करा दिया। जिससे बच्चों की किताबे और फीस के कारण शेखू की माली हालत और ज्यादा खराब होने लगी। वैसे भी बाज़ार में फ्रिज़ एवं प्लास्टिक सामानों की आवक बढने से मिट्टी के सामान को कोई पूछता भी नही। इस बार भी गर्मी के मौसम में मटके का बाज़ार काफी कमज़ोर रहा, जिससे उसे काफी नुकसान उठाना पडा, ऊपर से दो-दो बच्चों की पढाई और घर का खर्च उसके हिम्मत की निरंतर परीक्षा ले रही थी।

शेखू के ऊपर गांव के साहूकार का कर्ज निरंतर बढता जा रहा था और अब तो हालत ऐसी हो गई थी, कि सरोज उसे गांव छोडकर उसके भाइयों के साथ सूरत की फैक्ट्री में काम करने का दबाव देने लगी थी।

शेखू भी कर्जदारों के दबाव एवं खर्च के बीच पिसता जा रहा था। अब तो उसने यह भी सोच लिया, कि अगर इस साल भी धंधा मंदा रहा, तो अगले साल बच्चों का नाम कटवाकर सरकारी विद्यालय में दाखिला करा दूंगा।

देखते ही देखते दशहरा बीत गया जैसे शेखू को कुछ ख्याल ही नहीं था। कार्तिक का महीना आ गया और चारो तरफ दिवाली की तैयारियां चल रही थी। आज धनतेरस का दिन था और सरोज ने सुबह-सुबह ही उससे एक तांबा का लोटा

खरीदने की मांग कर दी। वो भी किसके लिये सिर्फ शेखू के स्वास्थ्य के लिये, क्योंकि उसने कहीं सुन रखा था कि तांबे के बर्तन से पानी पीने से स्वास्थ्य अच्छा रहता है। बच्चों के लिये भी दिवाली के लिये मिठाइयां और पटाखे भी तो लेने है।

मिट्टी के दियों की बिक्री न होने के कारण उसका जेब तो खाली ही था और शाम के छ्ह बजने लगे थे लेकिन उसके जेब में एक कटोरी भी खरीदने का पैसा नहीं था। अब उसका घर जाने का समय भी होने चला था, लेकिन सुबह से दिये बिकने का नाम ही नहीं ले रहे थे, ऊपर से दिवाली से उम्मीद के कारण उसने बाज़ार से दो हज़ार का कर्ज और ले लिया था। अब तो उसका मन भी घर जाने को नहीं कर रहा था और अब तो पैर भी साथ नहीं दे रहे थे।

किसी तरह मन को मारते-मनाते, हिम्मत बंधाते वह घर पहुंचा। घर पहुंचते ही उसका उतरा हुआ चेहरा देख सरोज सबकुछ समझ गई, इसलिये उसने कुछ नहीं बोला। रात में खाना खाने के बाद सरोज ने शेखू से बोला।

सरोज- आज मैंने कुछ लोगों से सुना कि इस समय भोपाल में न्यू मार्केट में बहुत बडा बाज़ार लगता है और हज़ारो लोग दिवाली की खरीदारी के लिये वहाँ आते है। मुझे लगता है, आपको भी इस बार वहाँ दिये बेचने जाना चहिये।

शेखू- लेकिन वो तो काफी दूर है और इतने सारे दिये लेकर वहाँ जाना, कुछ ऊंच-नीच हो गई तो बडा नुकसान हो जायेगा।

सरोज- फिर भी आपको वहाँ जाना चहिये, वैसे भी दिवाली के बाद दिये को कोई नहीं पूछता, तो बिना बिके ये भी तो नुकसान के ही बराबर है।

शेखू कुछ देर सोचकर बोला।

शेखू- लेकिन सरोज! वहाँ मैं कहाँ अपनी दुकान लगाऊंगा और किसी ने भी दुकान नहीं लगाने दिया तो।

सरोज- वो बाद की बात है, उसे कल देखेंगे। पहले जाओ तो। अगर आप कहे तो मैं भी आपके साथ बाज़ार चल दूंगी, बस दो दिन की ही तो बात है।

शेखू- ठीक है! ठीक है! मै कल भोपाल चला जाऊंगा, लेकिन तुम यही घर में बच्चों के साथ उनका देखभाल करोगी।

सरोज- ठीक है।

सुबह हुई और शेखू सुबह नाश्ता करके तथा पोटली में दोपहर का खाना लेकर किस्मत आजमाने चल पडा। वहाँ पहुंचते-पहुंचते उसे दस बजने लगे थे। वहाँ देखा कि हर तरफ दुकान ही दुकान सजी हुई थी। कुछ दुकानों में तो डिजाइन वाले दिये और बडी-बडी मोमबत्तियां लगी हुई थी, कुछ तो दिये में ही लाइट जल रही थी। शायद इसे ही चाइनीज दिये कहते है, सुना तो था लेकिन देखा पहली बार।

शेखू सोचने लगा, त्योहार हमारे देश का, मनाने वाले हम लोग लेकिन सामान सब चाइनीज क्यो खरीदते है। लेकिन कर भी क्या सकते है? सोचते हुये, उसने भी एक नुक्कड के पास अपना टोकरा जमा दिया। अभी दोपहर के एक बजने लगे थे और बाज़ार में भीड बढने लगी थी। सभी इधर-ऊधर घूमने लगे थे, कभी इस दुकान तो कभी उस दुकान, लेकिन शेखू की दुकान अभी भी खाली थी।

शेखू के मन में आज अलग ही जोश था, भीड को देखकर वह जोर-जोर से चिल्लाने लगा- दिये ले लो, दिये ले लो, देशी मिट्टी के दिये ले लो। जिससे वह लोगो का ध्यान अपनी ओर खीचने मे सफल रहा। जिससे भीड से कुछ लोग उसकी दुकान की तरफ भी बढे, लेकिन दिये के बारे पूछकर वो लौट जाते थे। लेकिन अभी भी उसका उत्साह कम नहीं हुआ। वो और जोर-जोर से चिल्ला-चिल्लाकर लोगों का ध्यान आकर्षित करने लगा।

शाम के पांच बजने लगे थे और बाज़ार में खचाखच भीड थी, लेकिन अभी तक शेखू के पास उम्मीद की अपेक्षा बहुत कम पैसे इकट्ठे हुये थे। शेखू की आवाज़ सुनकर ग्राहक उसकी ओर जाते तो थे, लेकिन अभी तक कुछ ही ग्राहकों ने दिये खरीदे थे। अब तो शेखू का उत्साह भी कमज़ोर पडने लगा और कुछ देर पुकारने के बाद वो रुक जाता था।

शाम के छह बजने लगे थे, लेकिन शेखू की किस्मत भी उसकी जेब की तरह खाली थी। वो इधर-उधर ग्राहक की उम्मीद में देखने लगा, तभी उसकी नज़र पास में गिरे एक पर्स में पडी। वो अचरज से पर्स को देखने लगा और उसके असली मालिक का इंतज़ार करने लगा, लेकिन पांच मिनट बाद भी उस पर्स को लेने कोई नहीं आया। तब वह पर्स को उठा लाया तथा इस उम्मीद में बैठा रहा कि शायद उस पर्स को ढूढने कोइ तो आयेगा।

शेखू को पर्स लाये आधे घंटे से अधिक होने चले, लेकिन पर्स को लेने अब तक कोई नहीं आया। दुकान का मिज़ाज़ भी कुछ खास नहीं था। दो ग्राहक दिये खरीदते तो बीस ऐसे ही लौट जाते। उसके पास अभी भी इतने पैसे इकट्ठे नहीं हुये, जिससे बच्चो के लिये पटाखे और मिठाई भी खरीद सके। कर्ज को चुकाना तो दूर की बात थी और अब ये पर्स का टेंशन।

शेखू ने बडी हिम्मत करके पर्स का चैन खोलकर देखा, तो उसमे बहुत से कागज थे, निकालकर देखा तो पाया कि किसी के जमीन एवं बैंक के कागजात लग रहे थे। एक अन्य पॉकेट में आई डी और एटीएम कार्ड निकला। जिसमें नाम रितु भदौरिया लिखा हुआ था, जो पास में ही नेहरु नगर की रहने वाली थी। बैग मे बहुत सारे रुपये भी निकले, जो कि सभी पांच-पांच सौ और दो-दो हज़ार रुपये के नोट थे। जिससे

उसकी टेंशन और बढ गई।

एक घंटे बीत गये, घर जाने का समय हो चला था और शेखू था, कि कभी पर्स तो कभी टोकरे की तरफ देख रहा था। मन में दुविधा का तूफान उमड रहा था, अब तो उसकी ईमानदारी भी पैसे देखकर डगमगाने लगी थी। वह धीरे-धीरे अपनी दुकान समेटने लगा और टोकरे को साइकिल में बांधकर चल पडा, लेकिन उसका मन अस्थायी था। उसके सामने बिल्कुल फिल्मी स्टाइल में जैसे दो शेखू प्रकट हो गये। जिनमे से एक उसकी ईमानदारी की दुहाई देता, तो दूसरा उसे उसकी बच्चो, कर्ज और आवश्यकताओ के बारे मे कहता।

पहला शेखू- क्या सोचता है भाई! चल जल्दी हमें उनके पैसे और बैग लौटाने है। हो सकता है कि बैग वाले इंसान के लिये बहुत महत्वपूर्ण कागज हो और हो सकता है कि ये पैसे उसने किसी के इलाज़ या किसी महत्वपूर्ण काम के लिये रखा हो। वैसे ही एक बार पैसे लेकर, ज़िंदगी भर के ईमानदार शेखू की पहचान खो देगा। दूसरा शेखू- ईमानदारी का क्या आचार डालेगा। अपने बीवी और बच्चो की सोच। इन पैसो से अपना कर्ज उतार सकेगा और बच्चो की अच्छी पढाई करा सकता है। वैसे भी बच्चो ने राखी एवं अन्य त्योहारो में मिठाई का स्वाद तक नहीं चखा, लेकिन इस बार दिवाली अच्छे से मना सकेंगे।
पहला शेखू- पैसों का क्या है, आज है, कल नहीं रहेंगे, लेकिन क्या तुम अपना आत्मसम्मान वापस पा सकोगे? दुनिया की छोडो, क्या तुम खुद से नज़र मिला सकोगे? कैसे अपने बच्चो को ईमानदारी और दूसरो की मदद के पाठ

पढाओगे, जब खुद ही चोरी के पैसे से पढाओगे।

अब शेखू का मन स्पष्ट हो गया, और वह पर्स लौटाने का निर्णय लेकर चलने लगा। उसका मन अभी भी अशांत था, मानो महासागर की सुनामी उसके मन को झन्झोर रही हो।

दूसरा शेखू- बडा आया ईमानदारी की सीख देने वाला। जब तेरे बच्चे पढेंगे ही नहीं, तो क्या अनपढ रहेंगे। सरकारी स्कूल की हालत तो तू जानता ही है। वो...... वो रामू का लडका सरकारी स्कूल में ही जाता है न, तेरह साल में चोरी-चकारी के कारण दो बार पुलिस स्टेशन का सैर कर आया है और उसके साथी भी तो ऐसे ही है। जब तेरे बच्चे भी चोरी करने लगेंगे तो क्या ईमानदारी की सीख देगा। वैसे भी सरोज कुछ बोलती नहीं तो क्या, उसे किसी चीज़ की जरूरत नहीं होती। उसने क्या मांगा था, सिर्फ एक तांबे का लोटा वो भी खुद तेरे ही खातिर। क्या तुझे याद है कि आखिरी बार कब घर मे बाज़ार की मिठाई लेकर गया था? कब बच्चो को नये कपडे और सरोज को साडी दिलाई थी। वैसे भी ये लोग बडे लोग लगते है, सोच जब पर्स

में इतना पैसा लेकर चलते है, तो कितना पैसा होगा इनके पास।

अरे जाग शेखू जाग! कहाँ तू इन पुरानी ढकोसलों में फंसा हुआ है, ये सब पुरानी बातें है और कलयुग में ये सब काम नहीं करती।

अब तो शेखू का भी डगमगाने लगा और मन में नकारात्मक विचारो का प्रभाव बढने लगा।

पहला शेखू- अरे भाई! तू ये क्या कर रहा है? अब तो तूने आधा रास्ता भी पार कर लिया है, वैसे भी जब तू घर जायेगा, तो सरोज को क्या बोलेगा, कि इतने पैसे कहाँ से लेकर आया है। किसी जरूरतमंद के पैसे लेकर आ गया है, क्या वह इन पैसे को स्वीकर करेगी? हो सकता है कि वो लोग बडे आदमी होंगे, लेकिन ये कैसे कह सकते है कि इन पैसो की उनको जरूरत नहीं। वैसे भी जो तेरे नसीब में होगा, कोई तुझसे छीन नहीं पायेगा।। सोच उसके नज़रों तेरी क्या इज्ज़त रह जायेगी, फिर तू क्या सुकून की ज़िंदगी जी पायेगा।

ये सुनकर शेखू कुछ देर रुका और सोचने लगा, फिर बिना कुछ बोले ही तेजी से चलने लगा। जैसे उसने दोनो ही पक्षो का निष्कर्ष निकालकर लिया हो।

भोपाल के पास रातीबड नामक स्थान मे शेखू कुम्हार निवास करता था। जिसके परिवार मे पत्नी सरोज, बेटा संजू और बेटी रंजीता थे। शेखू का परिवार अत्यंत गरीब था, जिसके पास खेती की भूमि भी नहीं थी। शेखू अपने पिता के समय से ही पारिवारिक व्यापार मिट्टी के बर्तन आदि बनाकर जीवनयापन करता था। शेखू व्यक्तित्व से बहुत ही ईमानदार है, जिसके ईमानदारी को सारा गांव जानता था।

इसी वर्ष रंजीता चार साल की हो चली थी, उसका भी दाखिला पास के निजी विद्यालय करा दिया। जिससे बच्चों की किताबे और फीस के कारण शेखू की माली हालत और ज्यादा खराब होने लगी। वैसे भी बाज़ार में फ्रिज़ एवं प्लास्टिक सामानों की आवक बढने से मिट्टी के सामान को कोई पूछता भी नही। इस बार भी गर्मी के मौसम में मटके का बाज़ार काफी कमज़ोर रहा, जिससे उसे काफी नुकसान उठाना पडा, ऊपर से दो-दो बच्चों की पढाई और घर का खर्च उसके हिम्मत की निरंतर परीक्षा ले रही थी।

शेखू के ऊपर गांव के साहूकार का कर्ज निरंतर बढता जा रहा था और अब तो हालत ऐसी हो गई थी, कि सरोज उसे गांव छोडकर उसके भाइयों के साथ सूरत की फैक्ट्री में काम करने का दबाव देने लगी थी।

शेखू भी कर्जदारों के दबाव एवं खर्च के बीच पिसता जा रहा था। अब तो उसने यह भी सोच लिया, कि अगर इस साल भी धंधा मंदा रहा, तो अगले साल बच्चों का

नाम कटवाकर सरकारी विद्यालय में दाखिला करा दूंगा।

देखते ही देखते दशहरा बीत गया जैसे शेखू को कुछ ख्याल ही नहीं था। कार्तिक का महीना आ गया और चारो तरफ दिवाली की तैयारियां चल रही थी। आज धनतेरस का दिन था और सरोज ने सुबह-सुबह ही उससे एक तांबा का लोटा खरीदने की मांग कर दी। वो भी किसके लिये सिर्फ शेखू के स्वास्थ्य के लिये, क्योंकि उसने कहीं सुन रखा था कि तांबे के बर्तन से पानी पीने से स्वास्थ्य अच्छा रहता है। बच्चों के लिये भी दिवाली के लिये मिठाइयां और पटाखे भी तो लेने है।

मिट्टी के दियों की बिक्री न होने के कारण उसका जेब तो खाली ही था और शाम के छुह बजने लगे थे लेकिन उसके जेब में एक कटोरी भी खरीदने का पैसा नहीं था। अब उसका घर जाने का समय भी होने चला था, लेकिन सुबह से दिये बिकने का नाम ही नहीं ले रहे थे, ऊपर से दिवाली से उम्मीद के कारण उसने बाज़ार से दो हज़ार का कर्जा और ले लिया था। अब तो उसका मन भी घर जाने को नहीं कर रहा था और अब तो पैर भी साथ नहीं दे रहे थे।

किसी तरह मन को मारते-मनाते, हिम्मत बंधाते वह घर पहुंचा। घर पहुंचते ही उसका उतरा हुआ चेहरा देख सरोज सबकुछ समझ गई, इसलिये उसने कुछ नहीं बोला। रात में खाना खाने के बाद सरोज ने शेखू से बोला।

सरोज- आज मैंने कुछ लोगों से सुना कि इस समय भोपाल में न्यू मार्केट में बहुत बडा बाज़ार लगता है और हज़ारो लोग दिवाली की खरीदारी के लिये वहाँ आते है। मुझे लगता है, आपको भी इस बार वहाँ दिये बेचने जाना चहिये।

शेखू- लेकिन वो तो काफी दूर है और इतने सारे दिये लेकर वहाँ जाना, कुछ ऊंच-नीच हो गई तो बडा नुकसान हो जायेगा।

सरोज- फिर भी आपको वहाँ जाना चहिये, वैसे भी दिवाली के बाद दिये को कोई नहीं पूछता, तो बिना बिके ये भी तो नुकसान के ही बराबर है।

शेखू कुछ देर सोचकर बोला।

शेखू- लेकिन सरोज! वहाँ मैं कहाँ अपनी दुकान लगाऊंगा और किसी ने भी दुकान नहीं लगाने दिया तो।

सरोज- वो बाद की बात है, उसे कल देखेंगे। पहले जाओ तो। अगर आप कहे तो मैं भी आपके साथ बाज़ार चल दूंगी, बस दो दिन की ही तो बात है।

शेखू- ठीक है! ठीक है! मैं कल भोपाल चला जाऊंगा, लेकिन तुम यही घर में बच्चों के साथ उनका देखभाल करोगी।

सरोज- ठीक है।

सुबह हुई और शेखू सुबह नाश्ता करके तथा पोटली में दोपहर का खाना लेकर किस्मत आजमाने चल पडा। वहाँ पहुंचते-पहुंचते उसे दस बजने लगे थे। वहाँ देखा कि हर तरफ दुकान ही दुकान सजी हुई थी। कुछ दुकानों में तो डिजाइन वाले दिये और बडी-बडी मोमबत्तियां लगी हुई थी, कुछ तो दिये में ही लाइट जल रही थी। शायद इसे ही चाइनीज दिये कहते है, सुना तो था लेकिन देखा पहली बार।

शेखू सोचने लगा, त्योहार हमारे देश का, मनाने वाले हम लोग लेकिन सामान सब चाइनीज क्यो खरीदते है। लेकिन कर भी क्या सकते है? सोचते हुये, उसने भी एक नुक्कड के पास अपना टोकरा जमा दिया। अभी दोपहर के एक बजने लगे थे और बाज़ार में भीड बढने लगी थी। सभी इधर-ऊधर घूमने लगे थे, कभी इस दुकान तो कभी उस दुकान, लेकिन शेखू की दुकान अभी भी खाली थी।

शेखू के मन में आज अलग ही जोश था, भीड को देखकर वह जोर-जोर से चिल्लाने लगा- दिये ले लो, दिये ले लो, देशी मिट्टी के दिये ले लो। जिससे वह लोगो का ध्यान अपनी ओर खीचने मे सफल रहा। जिससे भीड से कुछ लोग उसकी दुकान की तरफ भी बढे, लेकिन दिये के बारे पूछकर वो लौट जाते थे। लेकिन अभी भी उसका उत्साह कम नहीं हुआ। वो और जोर-जोर से चिल्ला-चिल्लाकर लोगों का ध्यान आकर्षित करने लगा।

शाम के पांच बजने लगे थे और बाज़ार में खचाखच भीड थी, लेकिन अभी तक शेखू के पास उम्मीद की अपेक्षा बहुत कम पैसे इकट्ठे हुये थे। शेखू की आवाज़ सुनकर ग्राहक उसकी ओर जाते तो थे, लेकिन अभी तक कुछ ही ग्राहकों ने दिये खरीदे थे। अब तो शेखू का उत्साह भी कमज़ोर पडने लगा और कुछ देर पुकारने के बाद वो रुक जाता था।

शाम के छह बजने लगे थे, लेकिन शेखू की किस्मत भी उसकी जेब की तरह खाली थी। वो इधर-उधर ग्राहक की उम्मीद में देखने लगा, तभी उसकी नज़र पास में गिरे एक पर्स में पडी। वो अचरज से पर्स को देखने लगा और उसके असली मालिक का इंतज़ार करने लगा, लेकिन पांच मिनट बाद भी उस पर्स को लेने कोई नहीं आया। तब वह पर्स को उठा लाया तथा इस उम्मीद में बैठा रहा कि शायद उस पर्स को ढूढने कोई तो आयेगा।

शेखू को पर्स लाये आधे घंटे से अधिक होने चले, लेकिन पर्स को लेने अब तक कोई नहीं आया। दुकान का मिज़ाज़ भी कुछ खास नहीं था। दो ग्राहक दिये खरीदते तो बीस ऐसे ही लौट जाते। उसके पास अभी भी इतने पैसे इकट्ठे नहीं हुये, जिससे बच्चो के लिये पटाखे और मिठाई भी खरीद सके। कर्ज को चुकाना तो दूर की बात थी और अब ये पर्स का टेंशन।

शेखू ने बड़ी हिम्मत करके पर्स का चैन खोलकर देखा, तो उसमे बहुत से कागज थे, निकालकर देखा तो पाया कि किसी के जमीन एवं बैंक के कागजात लग रहे थे। एक अन्य पॉकेट में आई डी और एटीएम कार्ड निकला। जिसमें नाम रितु भदौरिया लिखा हुआ था, जो पास में ही नेहरु नगर की रहने वाली थी। बैग मे बहुत सारे रुपये भी निकले, जो कि सभी पांच-पांच सौ और दो-दो हज़ार रुपये के नोट थे। जिससे उसकी टेंशन और बढ गई।

एक घंटे बीत गये, घर जाने का समय हो चला था और शेखू था, कि कभी पर्स तो कभी टोकरे की तरफ देख रहा था। मन में दुविधा का तूफान उमड रहा था, अब तो उसकी ईमानदारी भी पैसे देखकर डगमगाने लगी थी। वह धीरे-धीरे अपनी दुकान समेटने लगा और टोकरे को साइकिल में बांधकर चल पड़ा, लेकिन उसका मन अस्थायी था। उसके सामने बिल्कुल फिल्मी स्टाइल में जैसे दो शेखू प्रकट हो गये। जिनमे से एक उसकी ईमानदारी की दुहाई देता, तो दूसरा उसे उसकी बच्चो, कर्ज और आवश्यकताओ के बारे मे कहता।

पहला शेखू- क्या सोचता है भाई! चल जल्दी हमें उनके पैसे और बैग लौटाने है। हो सकता है कि बैग वाले इंसान के लिये बहुत महत्वपूर्ण कागज हो और हो सकता है कि ये पैसे उसने किसी के इलाज़ या किसी महत्वपूर्ण काम के लिये रखा हो। वैसे ही एक बार पैसे लेकर, ज़िंदगी भर के ईमानदार शेखू की पहचान खो देगा। दूसरा शेखू- ईमानदारी का क्या आचार डालेगा। अपने बीवी और बच्चो की सोच। इन पैसो से अपना कर्ज उतार सकेगा और बच्चो की अच्छी पढाई करा सकता है। वैसे भी बच्चो ने राखी एवं अन्य त्योहारो में मिठाई का स्वाद तक नहीं चखा, लेकिन इस बार दिवाली अच्छे से मना सकेंगे।
पहला शेखू- पैसों का क्या है, आज है, कल नहीं रहंगे, लेकिन क्या तुम अपना आत्मसम्मान वापस पा सकोगे? दुनिया की छोडो, क्या तुम खुद से नज़र मिला सकोगे? कैसे अपने बच्चो को ईमानदारी और दूसरो की मदद के पाठ पढाओगे, जब खुद ही चोरी के पैसे से पढाओगे।

अब शेखू का मन स्पष्ट हो गया, और वह पर्स लौटाने का निर्णय लेकर चलने लगा। उसका मन अभी भी अशांत था, मानो महासागर की सुनामी उसके मन को झन्झोर रही हो।

दूसरा शेखू- बडा आया ईमानदारी की सीख देने वाला। जब तेरे बच्चे पढेंगे ही नहीं, तो क्या अनपढ रहेंगे। सरकारी स्कूल की हालत तो तू जानता ही है। वो....... वो रामू का लडका सरकारी स्कूल में ही जाता है न, तेरह साल में चोरी-चकारी के कारण दो बार पुलिस स्टेशन का सैर कर आया है और उसके साथी भी तो ऐसे ही

है। जब तेरे बच्चे भी चोरी करने लगेंगे तो क्या ईमानदारी की सीख देगा। वैसे भी सरोज कुछ बोलती नहीं तो क्या, उसे किसी चीज़ की जरूरत नहीं होती। उसने क्या मांगा था, सिर्फ एक तांबे का लोटा वो भी खुद तेरे ही खातिर। क्या तुझे याद है कि आखिरी बार कब घर मे बाज़ार की मिठाई लेकर गया था? कब बच्चो को नये कपडे और सरोज को साडी दिलाई थी। वैसे भी ये लोग बडे लोग लगते है, सोच जब पर्स में इतना पैसा लेकर चलते है, तो कितना पैसा होगा इनके पास। अरे जाग शेखू जाग! कहाँ तू इन पुरानी ढकोसलों में फंसा हुआ है, ये सब पुरानी बातें है और कलयुग में ये सब काम नहीं करती।

अब तो शेखू का भी डगमगाने लगा और मन में नकारात्मक विचारो का प्रभाव बढने लगा।

पहला शेखू- अरे भाई! तू ये क्या कर रहा है? अब तो तूने आधा रास्ता भी पार कर लिया है, वैसे भी जब तू घर जायेगा, तो सरोज को क्या बोलेगा, कि इतने पैसे कहाँ से लेकर आया है। किसी जरूरतमंद के पैसे लेकर आ गया है, क्या वह इन पैसे को स्वीकर करेगी? हो सकता है कि वो लोग बडे आदमी होंगे, लेकिन ये कैसे कह सकते है कि इन पैसो की उनको जरूरत नहीं। वैसे भी जो तेरे नसीब में होगा, कोई तुझसे छीन नहीं पायेगा।। सोच उसके नज़रों तेरी क्या इज्जत रह जायेगी, फिर तू क्या सुकून की ज़िंदगी जी पायेगा।

ये सुनकर शेखू कुछ देर रुका और सोचने लगा, फिर बिना कुछ बोले ही तेजी से चलने लगा। जैसे उसने दोनो ही पक्षो का निष्कर्ष निकालकर लिया हो।

कुछ ही देर में वह नेहरु नगर पहुंच गया और कई लोगो से पूछकर भदौरिया जी के मकान पहुंचा। घर देखने में मध्यमवर्गीय परिवार लग रहा था, उसने घंटी बजाई। एक बारह-तेरह साल के बच्चे ने दरवाज़ा खोला।

शेखू- रितु भदौरिया जी का मकान यही है।

बच्चा- जी हाँ! क्या काम है?

शेखू- उन्हे बुला देंगे।

बच्चा- जी बुलाता हूँ। आप इंतज़ार कीजिये। मम्मी..... मम्मी! आपसे कोई मिलने आया है।

कुछ ही देर में एक 42-45 साल की गोरी, सुंदर सी कद काठी वाली औरत सामने आयी। कुछ परेशान सी लग रही थी।

रितु- जी बताइये, क्या काम है?

शेखू- रितु भदौरिया जी।

रितु- हाँ, मैं ही हूँ। क्या काम है?

शेखू- वो आपका पर्स।

रितु- मेरा पर्स, मेरा पर्स तो नीचे गाडी में है। क्या समस्या है?

शेखू(चौंकते हुये)- जी थोडा चेक कर लीजिये।

रितु- क्यूं, क्या हुआ?

शेखू- देख लीजिये, एक बार।

रितु नीचे जाकर गाडी में देखा, तो पर्स वहाँ नहीं था। अचानक हि उसके भौचक्के उड गये। वो दौडते हुये शेखू के पास जाकर बोली- मेरा पर्स तो गाडी में नहीं है। क्या आपने कही देखा है?

शेखू नीचे जाकर पर्स ले आया और बोला ये आपका पर्स मुझे न्यू मार्केट में मिला। मैंने देखा तो आईडी में आपका नाम मिला तो आपके पास ले आया।

रितु ने झट से पर्स लिया और उसे खोल के देखने लगी। वह कागजो को पलटने लगी और पैसे गिनने लगी। शेखू कुछ समय तक वहाँ खडा देखता रहा, उसे बहुत जोर से प्यास लगी थी, लेकिन पानी मांग नहीं सका। शेखू को घर पहुंचने के लिये काफी देर होने लगी थी और अंदर से कोई हरकत न मिलने के कारण वह वहाँ से चल पडा।

रास्ते में वह सोचता रहा, कि ये कैसे लोग है? मैं इतनी दूर से इनका पर्स लौटाने गया, लेकिन इन्हे तो बैठने और पानी तक पूछने की तमीज़ नही। फिर उसके मन में एक खुशी थी, कि उसने पर्स को उसके असली मालिक तक तो पहुचा दिया। वह रात नौ बजे तज अपने घर पहुंचा और सरोज को सारी बात विस्तार से बताई और सो गया।

अगले दिन शेखू उठा और फिर नये जोश के साथ अपनी मंज़िल की ओर निकल गया। आज भी उसने उसी स्थान पर दुकान लगाई। आज बाज़ार मे कल की अपेक्षा कुछ ज्यादा भीड थी, लेकिन शायद उसकी किस्मत कुछ खास अच्छी नही थी। समय तेजी से बीतता जा रहा था, लेकिन उसका टोकरा अभी भी भरा हुआ था।

शाम के चार बज गये, तभी अचानक एक पुरुष शेखू की दुकान में आया। उसने सिर ऊपर करके देखा, तो साथ में उसकी पत्नी और दो बच्चे थे। उसने उस महिला को पहचान लिया।

अरे! ये तो वही महिला है, जिसका पर्स मैंने कल लौटाया था। अब क्या लेने आई है?

कल तो पानी तक नहीं पिलाया और आज फिर से, कही कुछ और सामान तो नहीं खो गया या कुछ पैसे तो नहीं कम हो गये।

शेखू मन ही मन घबराने लगा और चंद ही सेकंड में लाखों संशयो के बोझ तले उसका मन दबता जा रहा था। तभी उसने देखा, कि रितु ने उस पुरुष की ओर कुछ इशारा किया। तब उसने कहा।

पुरुष- भाई साहब! वो आप ही है न, जिसने हमारा पर्स लौटाया था।

शेखू- जी.... जी साहब! मैं ही हूँ। कुछ और सामान भी गिर गया था क्या साथ में, मुझे तो सिर्फ बैग ही मिला था।

पुरुष- नहीं भाई! ऐसा नहीं है। कल रितु ने बताया, कि आप पर्स को घर पहुचाने आये और हमे तो धन्यवाद कहने का मौका ही नहीं मिला। उस पर्स में हमारे बहुत महत्वपूर्ण कागजात थे और दो लाख रुपये थे, लेकिन आपने फिर भी कुछ आशा किये बिना हमारा पर्स लौटा दिया।

तभी उस पुरुष ने अपने पर्स से कुछ पैसे निकाले और शेखू की तरफ बढाया।

शेखू- नहीं साहब! ये क्या है? ये रुपये।

पुरुष- बस, यही आपको धन्यवाद करने के लिये।

शेखू- नहीं साहब! ये तो मेरा फर्ज था और फर्ज की कोई बखशीश नहीं होती।

उस पुरुष ने पैसे जेब में रख लिये और शेखू से परिचय पूछा। उसने अपना परिचय दिया और उनसे पर्स के बारे मे जानकारी लेने लगा। उस पुरुष ने बताया, कि वो लोग दिवाली मनाने अपने ससुराल जा रहे है, उनका बडा बेटा वही पढता है और वो पैसे उसके पढाई की फीस के लिये ही थे। तब उन लोगो ने शेखू से बहुत सारे दिये खरीदे और धन्यवाद कहकर चले गये।

आज शेखू का मन बहुत प्रसन्न था, कि उसने भले लोगो की मदद की और वे पैसे तो उनके बच्चे की पढाई के लिये थे। भला किसी के बच्चे की पढाई के पैसे चोरी करके अपने बच्चे की पढाई कराने से बडा पाप क्या होता?

इस घटना के बाद शेखू की किस्मत भी कुछ अच्छी हो गयी और दिये की बिक्री भी सुबह की अपेक्षा कुछ ठीक होने लगी। रात हो चली थी, सूर्य भगवान भी अपने गंतव्य के प्रस्थान कर चुके थे। आसमान मे कही कही पटाखे के आवाज़ भी तेज़ हो गये थे, तब उसे याद आया कि उसे भी बच्चो के लिये पटाखे और मिठाइयां लेनी है। लेकिन उसे यह नहीं मालूम था कि उसके पास कितने पैसे इकट्ठे हो सके है।

रात बढती जा रही थी और उसका टोकरा भी पहले की अपेक्षा कुछ हल्का हो चला था, लेकिन अब भी उसमे बहुत सारा सामान भरा हुआ था। उसका मन संशय से भरा हुआ था, कि बच्चो के लिये पटाखे और मिठाई मे ज्यादा पैसे खर्च हो गये, तो दिवाली में लिये गये कर्ज भी वो नहीं चुका पायेगा। लेकिन इसमे बच्चो का क्या दोष है, बेचारे किसी त्योहार को मना नहीं पाते है और दो दिन बाद ही तो भाई दूज

है, भला रंजीता, संजू का मुंह मीठा कर सकेगी। उसने घर लौटते वक़्त रास्ते मे बच्चो के लिये पटाखे और मिठाइयां खरीदी और घर को चल दिया।

घर पहुंचने पर सरोज ने उसे बताया, कि आज घर में भी धंधा ठीक-ठाक हो गया और हज़ार रुपये के दिये निकल गये। शेखू का मन बहुत खुश हो गया, अब उसे इतना विश्वास हो गया, कि अब दिवाली मे लिया कर्ज तो कम से कम चुका ही लेगा। आज कई दिनो बाद उसका परिवार खुश था, उन्होने मिलकर दिवाली मनाई। भगवान लक्ष्मी-गणेश की पूजा की और पटाखे जलाये।

कडी मेहनत और किस्मत का साथ ने उसके परिवार की दिवाली रोशन कर दी और बाज़ार से लिये दिवाली के लिये कर्ज भी उतार दिया, लेकिन यह खुशी उसके परिवार के लिये ज्यादा दिनों के लिये नहीं रही और जल्द ही कमाये हुये पैसे खत्म हो गये। अब उसका परिवार फिर से गरीबी के दंश से ग्रसित हो गया और पुराना कर्ज तो तनाव का कारण था ही।

अब फिर से सरोज शेखू को सूरत जाने के लिये कहने लगी, लेकिन वह उसकी बात को टालता रहा। कभी वह गांव, घर, पहचान की दुहाई देता तो कभी बच्चो के पढाई की। परंतु इस बार सरोज हार मानने को तैयार नही थी, वह दिन भर उसे कोसती रहती। घर मे भी खाने के सामान की कमी बनी रहती और अब तो दुकानदार भी उसे उधार में सामान देने से इंकार करने लगे। ठंड का मौसम आ चुका था और इस समय मिट्टी के बर्तनो की मांग भी खत्म हो जाती है, जिससे कमाई के आसार भी नहीं दिख रहे थे।

रोज-रोज की कलह से तंग आकर शेखू ने सूरत जाने का फैसला कर लिया, साथ मे सरोज और उसके बच्चे भी थे।
वहाँ जाकर वह अपने साले के साथ कारखाने में काम करने लगा और सरोज भी आस-पास के घरो में काम करके उसका हाथ बटाने लगी।

शेखू और उसकी पत्नी दोनो मिलकर काम करने लगे, जिससे दोनो को काफी पैसे की बचत होने लगी। दोनो ने एक कमरा किराये से लेकर रहने लगे, लेकिन शेखू को वहाँ का माहौल रास नहीं आ रहा था, उसे हमेशा गांव की याद सताया करती थी। वह दिन भर कारखाने मे काम करता और रात को कमरे मे आकर सो जाता। अभी उसको सूरत गये, दो ही महिने हुये थे, कि वह सरोज को गांव जाने की बात कहने लगा। जिससे उसके घर मे कलह का माहौल बना रहता।

धीरे-धीरे शेखू की तबीयत खराब रहने लगी, जिससे उसे कारखाने से दस दिन का अवकाश लेना पडा। जिससे कारखाने के आला अधिकारी भी उससे नाराज़ रहने लगे, जिससे उसे जल्दी ही कारखाना जाना पडा। उसकी तबियत फिर से बिगडने

लगी, तब उसने गांव जाने का निर्णय कर लिया।

शेखू- सरोज, मेरी तबियत ठीक नहीं रहती और मुझे बार-बार गांव की याद सताती है, चलो कुछ दिनो के लिये गांव चलते है।

सरोज- हम लोगो को यहाँ आये अभी कुछ ही समय तो हुआ है और अभी तो ज्यादा पैसे भी इकट्ठे नहीं हुये है। अगर हम अभी गांव चलेंगे तो बहुत खर्च भी बैठ जाएगा और फिर इस कमरे का भाडा भी तो है।

शेखू- छोडो न इन सब बातो को, हो जाने दो जो खर्च होना है। जरा बच्चो को भी तो देखो, तीन महिने से न कही घूमने गये है और न ही कही खेलने। आसपास के बच्चे भी उन्हे अपने साथ नहीं खिलाते है, उनका मन भी तो गांव जाने का कर रहा होगा।

सरोज- बच्चो ने कब गांव जाने के लिये बोला और उनको मैं अपने साथ कभी-कभी काम पर ले जाती हूँ। तुम बच्चो का झूठा सहारा न लो।

शेखू- बच्चो का सहारा नही, सच में सबको गांव जाने की इच्छा है और तबियत भी तो खराब है, काम पर जा नहीं पाता हूँ। घर पर पडे रहने से अच्छा गांव ही चलते है।

सरोज- लेकिन कितना खर्च हो जाएगा और फिर गांव मे क्या काम करेंगे। किसी तरह अभी तो गरीबी से मुक्ति मिली है और साहूकार का कर्ज भी तो चुकाना है, भूल गये।

शेखू- इतने दिनो मे इतने पैसे तो इकट्ठा हो गये होंगे, कि साहूकार के कुछ पैसे चुका सके और गांव मे कुछ दिन बिता सके, वैसे भी जीवन से ज्यादा पैसो की अहमियत कब से हो गयी। जब रहने की इच्छा ही नहीं है, तो जबरन क्यो रहना।

अब तो सरोज भी शेखू की बात मान गई।

तीन महीने के बाद शेखू और उसका परिवार घर लौटा। शाम को वह साहूकार के पास पैसे देने और सामान लाने गया, तो साहूकार ने उससे पैसे लेने से इंकार कर दिया। शेखू के पूछने पर बताया, कि एक उसके सूरत जाने के कुछ दिन बाद एक आदमी उसे ढूंढते हुये आये और उसका सारा कर्ज चुका दिया। अपना नम्बर छोड के गये है, मिलने को बुलाये है।

शेखू तो समझ गया कि वो कौन हो सकते है, साहूकार ने उनसे बात करा दी। बात करके वह अपने घर लौट आया और सरोज को सारी बात बताई और अगले दिन उनके घर जाने की बात कही।

अगले दिन शेखू और उसकी पत्नी सुबह-सुबह तैयार होकर भदोरिया जी के घर के लिये निकल गये। भदौरिया जी के घर मे उनका अच्छा स्वागत हुआ।

भदौरिया जी ने बताया, कि शेखू के सूरत जाने के बाद वे कई बार उसके घर गया, तब किसी ने उन्हे साहूकार और उसके कर्ज के बारे बताया, तो उन्होने उसका कर्ज चुका दिया और अपना नम्बर दिया।

शेखू- लेकिन आप इतने परेशान क्यो हुये? कुछ काम था क्या?

भदौरिया जी- मेरे दोस्त को उसके घर की देखरेख के लिये एक ईमानदार आदमी और घर के काम के लिये एक औरत की जरूरत थी, जिसके लिये मैंने उन्हे तुम्हारे बारे मे बताया, क्योकि मेरी नज़र मे तुमसे ज्यादा ईमानदार आदमी कोई याद नही। अगले हफ्ते से तुम नौकरी मे आ जाओ, क्या तुम काम करना चाहोगे? रहने के लिये कमरा और पैसे भी ठीक मिलेंगे।

शेखू- आपका बहुत-बहुत धन्यवाद! लेकिन मुझे थोडा वक़्त चाहिये बताने के लिये।

तभी सरोज ने तपाक से नौकरी करने की बात मान ली, और अगले हफ्ते से नौकरी मे आने की बात कही।

भदौरिया जी के घर से खाना खाकर दोनो ने घर जाने इजाजत ली।

अगले सप्ताह दोनो ने नौकरी के लिये पहुंच गये। घर बहुत ही आलीशान था और उनके रहने के लिये भी अच्छा कमरा मिला। जिसके बाद से शेखू और उसका परिवार खुशी-खुशी रहने लगे।

शेखू को अपनी ईमानदारी का परिणाम मिला और जिस ईमानदारी के कारण वह अपने बच्चो के लिये मिठाई खरीदने मे असमर्थ था, उसी ईमान ने उसकी ज़िंदगी मे मिठास भर दी।

XX समाप्त XX